EL FINAL DEL METAVERSO

JULIO ROJAS

EL FINAL DEL METAVERSO

El papel utilizado para la impresión de este libro ha sido fabricado a partir de madera procedente de bosques y plantaciones gestionadas con los más altos estándares ambientales, garantizando una explotación de los recursos sostenible con el medio ambiente y beneficiosa para las personas.

Penguin
Random House
Grupo Editorial

El final del metaverso

Primera edición en Chile: agosto de 2022
Primera edición en México: noviembre de 2022

D. R. © 2022, Julio Rojas

D. R. © 2022, de la presente edición en castellano para todo el mundo:
Penguin Random House Grupo Editorial, S. A.
Av. Andrés Bello 2299, of. 801, Providencia, Santiago de Chile

D. R. © 2022, derechos de edición mundiales en lengua castellana:
Penguin Random House Grupo Editorial, S. A. de C. V.
Blvd. Miguel de Cervantes Saavedra núm. 301, 1er piso,
colonia Granada, alcaldía Miguel Hidalgo, C. P. 11520,
Ciudad de México

penguinlibros.com

Diseño de portada: Julio Valdés B.
Imagen de portada: © Shutterstock
Composición: Alexei Alikin G.

ISBN: 978-607-382-309-8

Impreso en México – *Printed in Mexico*

ÍNDICE

Y a veces verás ciudades y castillos y torres, y ovejas y ganado de diferentes colores e imágenes o espectros de otras cosas, donde no hay ciudad, ni ovejas, ni siquiera un zarzal. Yo mismo he tenido el placer de ver estas obras, esta *lusus naturae*. No duran mucho, pero cambian como los vapores en los que aparecen, de un lugar a otro, de una forma a otra, de donde tal vez se llaman *Mutata*, o porque el cielo cambia de soleado a lluvioso por estas apariciones.

ANTONIO DE FERRARIS (s. XVI)

En la configuración de este tiempo, de señuelos engañosos, lo real no ha tenido lugar.

MICHAEL ONFRAY, *Cosmos*

Si viéramos realmente el universo, tal vez lo entenderíamos.

JORGE LUIS BORGES, *There Are More Things*

Capítulo 1

LA ELEGANCIA DEL FIN DEL UNIVERSO

Maya. [Para otros usos de este término véase «maya», desambiguación]. El metaverso de inmersión Maya permite que un jugador penetre en una realidad e interactúe con personas digitales. Estas son llamadas EVIAS, «Entidad Virtual con Inteligencia Artificial». Un evia no sabe que es un algoritmo ni que es parte de un juego. Cree ser un humano. Cree vivir una vida. El jugador que sea sorprendido revelando la estructura simulada de la realidad a un evia será expulsado y su cuenta será cerrada indefinidamente. Un exiliado de Maya perderá sus progresos, *skins* y objetos adquiridos.

WIKIPEDIA

Según el informe de adicciones de la OMS, un 3 por ciento del *staff* que trabaja en Maya se relacionará afectivamente con un evia. A esta situación se le conoce como Síndrome del rey de Chipre. El infractor es exiliado y no puede volver a trabajar en una compañía de simulación.

Reporte 452.
PATOLOGÍAS EMERGENTES, OMS

Toma lo que diré como si fuera un cuento fantástico. Procésalo como un relato inventado, una historia que no tiene en absoluto que ver con la realidad. Escúchalo con la distancia del lector frente a un libro nuevo. Sabes de lo que hablo, trabajas en una librería. Has visto cómo los curiosos se acercan con cautela a los estantes, tocan los volúmenes como si fueran objetos de cuidado o peligrosos, los abren con delicadeza y los hojean. Aún no están adentro.

Esa distancia, que se va diluyendo página a página, es la que yo quiero que tengas con este escrito. La distancia necesaria para que no arrojes este libro antes de que lo hayas terminado. Espero que no te queme. Luego habrá tiempo para sumergirte en reflexiones y enfrentar la responsabilidad de lo que has leído.

Toma esta historia, entonces, como si se tratara de una ficción.

No eres humana, Sofía. Nunca lo has sido.

Mira a tu alrededor. Esa pared, el sofá, tu gato, la lámpara de papel, la taza de café, el computador donde lees esto, el sol que pega en tu cara, la brisa que levanta las cortinas y te adormece, la *playlist* que seleccionaste y que se escucha apenas... todo fue diseñado cuidadosamente por la compañía en donde trabajo.

Vives en un metaverso, en una simulación, un juego de inmersión, un espejismo. La gente que lo habita no es real. Al menos no de la manera en que tú entiendes lo real. Solo un 26 por ciento de los habitantes corresponde a avatares humanos, es decir, *players* que interactúan de todas las formas posibles con otros humanos o con avatares de inteligencia artificial, como tú.

Eres lo que denominamos un evia, una Entidad Virtual con Inteligencia Artificial. Una creación espléndida, sensible, única. Un conglomerado fantástico de experiencias, intuiciones, construcciones mentales, emociones y recuerdos, pero en ningún caso un humano. Lo que no significa realmente gran cosa.

Yo no soy ni un jugador ni un evia. Soy parte del *staff* de programación de la compañía. Nuestra misión es lograr que un jugador tenga la mejor experiencia de realidad y, sobre todo, garantizar que un evia nunca descubra un error en la simulación. Soy lo que internamente llamamos un «rompe *glitch*», un reparador de anomalías, y por eso me conociste. Reparo los errores del metaverso en que vives para que la ilusión persista sin contratiempos.

Maya, ese metaverso en donde envejeces, ríes, lloras y mueres, es un metaverso R3, o sea, de realidad de tercer orden. Es subsidiario de otro metaverso de soporte, que está más arriba, que lo sostiene y desde donde se ingresa, un metaverso R2 llamado Holos; una antigua palabra que significa «la totalidad».

En definitiva, Maya es un metaverso dentro del metaverso.

Tú estás a tres capas de la realidad verdadera.

La humanidad pasa gran parte de su tiempo en Holos, el gran metaverso unificado. Ahí transcurre el día a día, el trabajo, las reuniones. Ahí se dan las salidas al cine, los paseos en bicicleta, los conciertos, las conferencias sobre tecnología, los cumpleaños, las citas románticas, los encuentros sexuales, las noches de cervezas. La interacción humana, a fin de cuentas.

Arriba de todo está R, o sea, la realidad, el universo nativo. No es gran cosa, Sofía, no te pierdes de nada por no haber estado ahí. ¿Quién quiere trabajar en R, ir a una oficina y escuchar a un jefe con mal aliento darte órdenes? ¿Quién desea sentarse en un escritorio lleno de virus y perder tres horas de su tiempo tomando el metro para llegar a una reunión en la que se discute de nada? Muy pocos, ¿no? Por eso ya casi nadie ocupa R para interacciones significativas. Solo vuelves allá para cumplir con tus funciones corporales básicas: dormir, alimentarte e ir al baño. Los jóvenes le llaman «el gran dormitorio». El sexo se experimenta en un 80 por ciento en Holos. Solo el 20 por ciento restante se concreta en R. ¿Quién, después de todo, quiere compartir fluidos reales con otro humano, hacer ese choque de pieles en un lugar que muchas veces resulta poco inspirador y exponerse a ese intercambio? Las nuevas generaciones casi no están interesadas en experimentar algo tan peligroso e insalubre.

Hay quienes, de hecho, se entregan completamente a Holos. Gente que deja su cuerpo conectado a máquinas de alimentación parenteral y de excreción automáticas. Se van a vivir a cubículos y nunca, nunca más regresan a R. No hay que juzgarlos. Por el contrario, ellos no sufren la incomodidad de la mayoría de quienes debemos volver a R a alimentarnos, cagar y pagar por un lugar en el que podamos refugiarnos al bajar.

Solo los «Realistas» y los «Invisibles», gente extraña y marginada, siguen recorriendo las calles desoladas y faltas de interacción de R. Calles moribundas de un planeta moribundo cubierto de vegetación en las pocas áreas que no se han inundado. Un planeta que destruimos por una serie de errores que no volveremos a cometer.

Esto es importante. No volveremos a cometer los errores, porque ahora todo será estudiado en un campo de pruebas. No nos equivocaremos nuevamente como especie, porque de ahora en adelante todo será probado primero en Maya.

«Los errores se cometen en Maya», dicen los investigadores, sociólogos, antropólogos, analistas y jugadores que diariamente bajan a probar algo que sería impensable fuera del metaverso. «Gracias a Maya estamos recuperando R», dice la gran placa en el *hall* de acceso de la compañía, sin ir más lejos. Así, pues, podríamos decir que Maya es el gran campo de pruebas de la humanidad.

No eres real, Sofía, y tu universo tampoco lo es. Es, simplemente, una gran placa de Petri. Pero hay cosas que te dije en mis visitas a tu librería que sí son verdaderas. Me llamo Alberto Minsky y sí soy un programador de videojuegos. Me encargo de reparar errores de diseño de superficies, termodinámica y grandes fuerzas: gravedad, electromagnetismo, radiación. Reparo *bugs* y *glitch* del sistema. Lo que no te mencioné, por razones obvias, es que ese juego es tu propia realidad.

Los metaversos son animales demasiado grandes como para que no queden fallas dando vueltas. Hay mucho que ajustar, miles de *bugs* que entorpecen la continuidad de la realidad. Nosotros les decimos «las brechas». Auroras boreales en el baño de un terminal de buses, lluvia de peces en una tienda de electrónica, aviones detenidos en pleno vuelo, repeticiones y *loops* de nubes, pájaros y situaciones, tiempo acelerado, bajas repentinas de temperatura. Generalmente, las brechas son denunciadas por los jugadores. Y ahí entro yo.

Me informan de la anomalía, bajo, evalúo, reparo y subo. Esa es mi misión. ¿Recuerdas el pasillo de libros de filosofía que tú decías que estaba embrujado? Recibí muchas denuncias en el foro, reportes de un *glitch* de gravedad, y un día bajé a repararlo. Fue un trabajo largo, me tomó varios días. Fue ahí cuando te acercaste y me preguntaste si podías ayudarme, quisiste saber qué libro buscaba y me confesaste, de paso, que en ese pasillo ocurrían «fenómenos *poltergeist*». Aseguraste que había libros que saltaban de sus gavetas, libros que flotaban, libros con sus páginas al revés, libros con la letra E invertida. Libros con la cubierta impresa por dentro y libros que se disolvían como arena con la presión de tus manos. Ya llevabas meses notándolo.

Eso me asustó, porque si hubieras visto la brecha hubiese tenido que marcarte y habrías muerto. Sí. Porque un evia no puede comprender la verdad. Lo que te salvó de la marca fue la explicación metafísica que diste a lo que habías visto. Todos esos eventos «paranormales» los atribuiste a la acción de tu amiga muerta. Me contaste que María, tu compañera de piso, había fallecido en medio de una tragedia confusa y violenta, y que su fantasma rondaba la sección de cultura oriental y filosofía y provocaba esos fenómenos extraños.

Te salvó creer en fantasmas.

Los miércoles es mi día de Terapeuta.

Terapeuta se llama Galia Moure y no la conozco en la realidad, porque asisto a su consulta en Holos, en un edificio ubicado en el Barrio de los Terapeutas en Ciudad 4. La doctora Moure me pregunta por qué dibujo casas en medio de bosques. No tengo respuesta a eso. ¿Habrá una respuesta adecuada? ¿Es un test? ¿Por qué la compañía quiere saber eso? No lo sé, pero es cierto que dibujo casas. Casas en bosques. Una y otra vez. Mis cuadernos contienen una serie de bocetos de pequeñas casas inmersas en la naturaleza. Casas de madera metidas en montañas, casas arriba de árboles, casas-árboles, cabañas, casas cubo con un árbol dentro.

La doctora Moure me pregunta si tengo una de esas cabañas. Y se refiere, por supuesto, a si tengo una cabaña en Holos. Habría que ser extraordinariamente excéntrico para tener una cabaña en R, donde los bosques ya casi no existen. Le respondo que sí, que tengo una cabaña a la que voy a veces para leer en calma, escuchar música y sentir el ruido de las ramas de los árboles o de la lluvia. Me pregunta si vivo esa experiencia solo y digo que sí, que prefiero estar solo metido en una cabaña en un bosque virtual de Holos que estar solo en R.

—Sin detenernos en que el bosque es el símbolo del inconsciente, una casa en un bosque es un refugio de escape. Un lugar al que se puede huir para no ser encontrado —observa.

—Aún no estoy huyendo —le aclaro.

—¿Aún? ¿En el futuro piensas huir?

—No.

—Has conocido a alguien.

¿Me ha hecho una pregunta o una afirmación? ¿Qué sabe de mí la compañía? Mis pensamientos se disparan y temo estar siendo descubierto.

—No. No he conocido a nadie —digo, pero ella sabe que miento.

Hoy me desperté a las cinco de la mañana, me preparé un café y me senté frente a las pantallas. Es mi ritual desde hace seis meses. Nada de inmersión, solo observación de Maya a través de los aparatos.

Las estampillas neurales producen serias alteraciones estomacales que no producen los cascos ni los cintos. Teclear directamente sobre el cerebro para «reescribir la realidad» es fantástico, pero altera algo en el núcleo supraquiasmático, una estructura de nombre enredado en donde nuestro cerebro sincroniza el tiempo con nuestra biología y genera los llamados ciclos circadianos. En R es de día, en Maya es de noche. Tu cuerpo se revoluciona. Los procesos automáticos, como hacer tus necesidades en determinada hora, se alteran y, entre otras cosas, se genera estreñimiento. Esto se ha resuelto con una actualización que sincroniza el tiempo de la realidad con el tiempo en Holos, pero muchos programadores deben trabajar en metamundos como Maya, que tiene sus propios tiempos, y todo se enreda. Como programador tengo mis trucos: beber más agua, comer más fibra —especialmente soluble, no fermentable—, hacer más ejercicio, tomar café con cafeína y tomar senna, un laxante hecho de hierbas.

Además, ingerir alimentos altos en probióticos o tomar suplementos de probióticos.

Para evitar todos estos desajustes cuando puedo uso la vieja escuela, es decir, observar dos realidades en la pantalla. No estoy violando ninguna regla de la compañía, porque una de mis funciones como programador es observar a los evias realizando sus labores. Que me interese *en particular* uno de ellos no supone una distracción de mis deberes, por el contrario, así que me enfoco en ti. Sofía leyendo. Sofía meditando. Sofía discutiendo con un ciclista que casi la atropella. Sofía ordenando un libro y, de pronto, sin que nadie la mire, subrayando una frase.

Solo en la tarde me pongo los neurostamp y bajo. Nunca antes del mediodía.

No soy el primero que se involucra con alguien en Maya. Como te he dicho, en Holos no se admiten evias ni ningún tipo de simulacro de humano. Si quieres una experiencia de porno con un evia o quieres ser cuáquero y vivir en una comunidad con evias o quieres experimentar dirigir una orquesta con evias, tienes que hacerlo en Maya. No solamente los jugadores de Maya tienen familias o parejas, también muchos programadores cuando bajan a reparar o a ajustar algún *glitch* conocen a alguien artificial y tienen *affairs*. Sí, porque dentro de los millones de evias siempre hay alguno al que le gusta algo tan específico como «Starlight» de Electric Ligth Orchestra o *El Aleph* de Borges o ha subrayado *El guardián entre el centeno* o es fanático de las primeras versiones de Fortnite, el clásico juego de los veinte. Y, entonces, humano y evia entran en afinidad y una cosa lleva a la otra. Comienzan una relación que puede ser sexual o consistir simplemente en caminar de la mano por un parque o en viajar juntos. «Lo que sucede en Maya se queda en Maya», dice la leyenda, y esa libertad sugerida es también una trampa, porque te invita a bajar tus barreras. «No es real», se dicen los que caen en ese engaño. Y luego, en un acto de confianza fundamentado en el simulacro del amor o como un acto egoísta de liberación, le confiesan al evia con que se vincularon que no es humano, que es un maravilloso conglomerado de cúbits cuánticos animados por una misteriosa conciencia y que, en cambio, él o ella sí es humano. Y como las reglas prohíben decirle a un evia que es un evia, antes de que este comience a cuestionarse la estructura de la realidad el jugador o el programador lo marca. Luego lo deja abandonado a sus dudas existenciales, que en todo caso durarán muy poco, porque un evia marcado es un evia muerto.

Hoy me llamó Coordinadora. Preguntó quién estaba trabajando en el sector 33442 y le respondí que yo. Me dijo que había una brecha de tipo 2240. Si un evia la ve, comprende que está en una simulación y tenemos que retirarlo.

Coordinadora me manda el punto para la reparación. Me dice que tiene 3499 reportes de jugadores. Tecleo y veo en el foro los comentarios más específicos al problema. Me pongo un par de estampillas y bajo. Es un lugar soleado y luminoso. Calles anchas, centros comerciales, cafeterías, tiendas de diseño, palmeras. Camino un rato buscando la brecha, me meto por un callejón con contenedores de basura y llego a un strip center. El sol pega fuerte.

Técnicamente, Maya es un metaverso de clonación de la Tierra. Esto significa que no inventamos un territorio nuevo, sino que se escaneó y se clonó el planeta Tierra con sus ciudades, calles, edificios y geología en escala 1:1. Estoy en un lugar en West Hollywood, pero la brecha podría darse en Vladivostok, en Uganda o en una carretera australiana. Depende de mi turno y del reporte. Consulto mi aparato de comunicación, que a simple vista parece un celular, y me indica que la brecha está a trescientos metros. Al dar vuelta en una esquina, justo al lado de una reja de estacionamiento, hay un gato flotando. Miro a todos lados y me aseguro de que nadie me haya visto. Me acerco y con suavidad tomo al gato, que ronronea a un metro y medio del suelo. Lo acaricio, lo dejo fuera del área de la anomalía y cuando pisa nuevamente tierra firme se escapa corriendo y se pierde por el callejón. Grabo el reporte.

—Aquí AL 4388. Penetro a una brecha 240. Parece ser una burbuja aislada de 1,5 metros de diámetro. —Por la pantalla de mi móvil pasan códigos hasta que aparece una sola línea de códigos en color rojo—. Okey, la encontré —informo.

—*Proceda y repare* —me dice el verificador.

Vuelvo a teclear los códigos y el problema se va reparando. Me tomo unos minutos en cambiar los parámetros en mi aparato y luego miro alrededor. Agarro un tarro de pintura vacío de un basurero y lo pongo en el lugar donde ocurrió la brecha. El tarro cae al suelo.

—Cierre de brecha. Reporte caso 665B33.

—*Caso 665B33 registrado. Gracias, AL 4388* —me dice una voz que simula ser humana.

Estoy por irme cuando me encuentro frente a frente con un niño de unos nueve años montado en una bicicleta. Me observa en silencio, a unos metros de distancia, e intuyo que ha visto todo. En mi intercomunicador el verificador me habla.

—*¿Pasa algo, AL 4388?*

—Hola —le digo al niño, que se queda mirándome sin moverse.

—El gato estaba flotando —dice, muy seguro.

—Hay un testigo —informo tecleando en mi móvil.

—*¿Es un evia o un jugador?* —pregunta el verificador.

—¿Un gato flotando? —le digo al niño.

—Sí. Todo lo que se pone ahí, al lado de esa reja, flota.

—Es un evia —escribo en mi aparato mirando de reojo la pantalla.

—*Márquelo.*

—No creo que sea necesario —tecleo de vuelta.

Tomo un cartón y lo pongo en el punto junto a la reja. El cartón cae.

—¿Ves, niño? No es nada, solo lo imaginaste.

Se acerca en la bicicleta y me muestra su celular.

—Lo grabé todo.

—*Márquelo, AL 4388.*

—No va a ser un problema borrar esa grabación —escribo.

—*Está en el protocolo, AL 4388. Un evia no puede ver una brecha. Márquelo.*

Busco en mi aparato la identificación del niño. Mark Rodríguez, nueve años. Evia tercera generación.

Mierda.

Lo marco. Es hacer un simple *delete*, desplazar mi pulgar hacia la izquierda y ya.

Lo miro por última vez.

El niño se despide sonriendo, me da la espalda y empieza a pedalear.

Cuando da la luz verde atraviesa la calle.

Una camioneta lo atropella.

La gente grita y corre y de pronto hay un montón de personas rodeándolo.

Yo no me muevo de mi ubicación.

Nunca me ha gustado esto.

Es la parte que odio de mi trabajo.

No pretendía llegar a esta situación. Nunca fue el plan. Nunca hubo un plan, en realidad. Todo avanzó muy rápido y no podía decirte nada. Hubiera sido peligroso. Ya sabes cuál es la regla de oro en Maya... un evia *nunca* puede saber que solo es una serie de códigos cuánticos con una chispa de autoconciencia diseñado por guionistas y programadores y que vive en un metaverso.

La eliminación del evia marcado se da a través de acciones rápidas y simples. Un conductor borracho cruza un semáforo en luz roja, un aneurisma estalla, alguien lo asalta de vuelta del supermercado y el evia, súbitamente confundido por la extraña revelación, es extraído del juego mediante lo que pareciera una muerte humana común y corriente. Ningún evia sospecha nada. La regla de oro no es tan descabellada. Si los evia supieran que están en una simulación no podrían comportarse «naturalmente» y la interacción perdería todo sentido. Nadie quiere jugar un juego donde la contraparte no quiere jugar, ¿o sí? Con «jugar» me refiero a casarse, tener una compañía que fabrica chocolates de calidad, ser parte de una pandilla de motoristas, ser profesora de filosofía, ser un asesino serial o incluso diseñar un metaverso.

Ahora no me importa decírtelo, porque las reglas han cambiado. Tanto para Maya como para mí.

Ahora que NO lo sepas es lo peligroso, Sofía.

—¿Es usted real o un evia?

—Real.

—¿Acepta usted análisis biométrico de su nube bacteriana?

—Sí.

—Huella bacteriana verificada. Usted es Alberto Minsky. Programador de Maya sector 33442. Voy a hacerle algunas preguntas de seguridad.

—Okey.

—¿Está accediendo desde R, desde Holos o desde un metaverso de tercer orden?

—Holos.

—En la clasificación de los temperamentos muy en boga en el siglo XIX ¿usted es?

—Melancólico.

—De los siguientes objetos: brújula, astrolabio, reloj de péndulo, catalejo ¿usted es?

—Astrolabio.

—De los siguientes animales...

—Tigre.

—La continuación de su tratamiento se encuentra aprobada. Tiene cita el 22 de marzo a las 18.15 con Terapeuta Galia Moure.

Anoto la fecha.

—*Esta tercera sesión de terapia será presencial en R. La dirección ha sido enviada a su móvil.*

Recibo la confirmación. Teatinos 342 departamento 703. Reunión «de carne», le dice la gente joven a las que suceden en R. Terapeuta insiste en tener una conmigo.

Tomo dos transportes públicos y llego atrasado a un edificio viejo en el centro. Hacía años que no visitaba este lugar. Recuerdo haber venido, cuando era adolescente, a comprar neurópticos a un *dealer* para experimentar alguna bajada a Holos con sentidos expandidos. Era antes de la nueva tecnología, algo que haría reír a un niño de esta generación. «¿Qué? ¿Tenían que drogarse para sentir en Holos? ¿Usaban cascos para bajar al metaverso?». El tiempo siempre es cruel con las modas y uno puede trazar una línea de involución de mal gusto con solo mirar los diferentes dispositivos de inmersión.

En mi paso por la ciudad veo de todo: desde los primeros visores gigantes de los años veinte que generaban lesiones cervicales, anteojos de todo tipo, cintillos neurales y gorras de estimulación —¿alguien podía verse bien con esa gorra de nadador y electrodos?— pasando por parches neurales grandes y retroauriculares hasta llegar a los diminutos *tags* neurales que se usan ahora y que son apenas tres estampillas circulares de gel de cinco milímetros que se ubican tras las orejas y en la frente. Es un verdadero viaje en el tiempo. No solo por la presencia de estos dispositivos, sino por los edificios que veo aquí y allá con vestigios de la Gran Guerra.

El centro ha sido tomado por «colgados a Holos» que se amontonan en las esquinas con sus sueros intravenosos, viviendo sus últimos días en la adicción y escapando de la realidad. En el transcurso de dos cuadras me ofrecen órganos 3D, cristales de DMR, títulos de propiedad de mansiones en islas privadas en Holos, experiencias extremas en metaversos de tercera y cuarta capa que ni siquiera yo sabía que existían y hasta un pase de dos años de un nivel cinco —programador— para entrar a Maya.

Llego al viejo edificio, reviso los nombres de los apartamentos y pulso el timbre del 703, que tiene una etiqueta con el logo de la compañía. En la pared, un *graffiti* dice «No a la Gran Migración». Entro en el ascensor, salgo al pasillo y me topo con una niña de siete años y su madre. La toma de la mano y entra apurada. Son Realistas, radicales analógicos. Se reconocen porque su frente no tiene el eritema circular de la estampilla neural frontal. «Frentes limpias», les llaman también. Jamás han entrado a Holos.

En R todos pueden optar a un buen par de estampillas neurales para bajar. El Estado —la Organización de Reconstrucción— las proporciona. Por supuesto que los Realistas las desechan. Comparan a Holos con los fumaderos de opio. Dicen que se está alterando la bioquímica de nuestros cuerpos. Los sentidos, engañados, ¿no reaccionarán contra la realidad, cegados frente a estímulos verdaderos?

Son un gran problema, porque todo se desarrolla y comunica allá: las políticas sociales, la información, los deberes cívicos. Muchos son religiosos y aseguran que Holos es una trampa del demonio. Alguna vez vi un documental sobre una comunidad de Realistas cuyos miembros aseguraban que la contemplación de un árbol —un árbol real— podía sacarlos del sueño de la realidad para alcanzar así una comprensión pura y liberarse de la trampa de espacio y tiempo donde según ellos habitamos. Para estos «frente limpia», Holos sería una trampa dentro de la trampa, y Maya... Maya sería una nueva prisión, un sueño dentro de un sueño.

«Dismorfia de avatar» es la incómoda y decepcionante sensación de creer conocer a alguien por su avatar en Holos y de pronto verlo tal cual es en R y notar grandes diferencias. Eso no me sucedió con Terapeuta. Al igual que en Holos, es una mujer gruesa de unos cincuenta años, que usa anteojos, anda en silla de ruedas y se cubre las piernas con una manta. Sus ojos parecen los de una joven o una niña. Terapeuta es Terapeuta en ambos mundos. La entiendo. Yo también soy «isofenómico». Aunque muchos cambian de fenoma al entrar en Holos y al entrar en Maya, yo suelo, por razones prácticas, mantener mi avatar invariable. En la clasificación de cuerpos soy casi siempre fenoma 3A, o sea, alguien común. Ser un rompe *glitch* implica ser alguien olvidable. Y Terapeuta también parece querer serlo.

En su departamento todo da la sensación de tránsito. Está lleno de libros arrumbados sin orden, cuadros apoyados en la pared, cajas sin abrir, objetos sobre la mesa esperando inútilmente ser llevados a su sitio definitivo. Si no fuera por un par de pistas —un cargador de estampillas neurales, un sofá de inmersión— pensaría que Terapeuta es una Realista.

Mientras prepara té observo con curiosidad unos objetos del porte de los antiguos móviles de baterías de litio y circuitos de silicio con dos ranuras mecánicas y una cinta.

—Casetes —aclara volviendo de la cocina—. Una cinta magnética atrapa el sonido y no lo comprime ningún *software*. Toda una rareza.

Sin esperar que yo diga algo toma uno y lo inserta en un aparato electrónico, una maravilla electromecánica que aún funciona. Se escucha una música sucia, pero viva, extrañamente natural.

—Sonido real —comenta, y nos quedamos un instante atrapados por la vibración.

—Cantos sagrados del Cáucaso. ¿No te parece conocido?

—Sí.

—Es un fenómeno inexplicable. Se llama «anamnesis». Recordar algo que no se conoce. Recordar un arquetipo.

Luego, como si fuera suficiente información, me indica que me siente y mueve su silla de ruedas hasta quedar frente a mí a una distancia que, supongo, será la reglamentaria de seguridad. Me sorprende que tome notas en una libreta. Una libreta de papel, con lápiz de carbón. Cuando me mira sus ojos tienen una expresión protectora.

—¿Continúas con esa sensación?

—¿Sensación?

Terapeuta lee y me recuerda cuál.

—Sensación de no encajar y sentirte vigilado. Tener fobia social.

Afirmo, como si acabara de escuchar eso por primera vez.

Ella anota algo y deja el lápiz a un lado. Me mira con calidez, como si temiera dañarme.

—Son tiempos de cambio. La Gran Migración, lo queramos o no, nos pone en crisis. En las crisis uno quiere escapar. Lo insano, lo patológico, es pretender que está todo bien.

—Para eso es Maya. Para comprender las crisis y resolverlas afuera —repito mecánicamente.

—Sí, también conozco los eslóganes de la compañía. Trabajar con un sentido es una de las cosas más terapéuticas para un ser humano. Porque le encuentras sentido, ¿no es así? A tu trabajo.

—Honestamente, tendría que ser muy idiota si respondiera que no frente a la terapeuta de la compañía.

—O muy confiado —agrega y ríe.

—Eso requiere tiempo —le digo y ella indica la taza de té que dejó para mí sobre la mesa.

—Nada de lo que hablemos acá lo sabrá la compañía. Es parte del secreto terapéutico. —Guarda silencio y mira su libreta—. ¿Has continuado viéndola?

Me tomo un momento antes de responder.

—Sí.

—Háblame de ella... ¿Sofía? —Es la primera vez que alguien en R menciona su nombre y pienso que eso, de alguna manera extraña, la vuelve real—. ¿A qué se dedica?

—Trabaja en una librería, como vendedora.

Terapeuta se queda en silencio y luego continúa.

—¿Qué la hace especial para ti?

—Está buscando algo.

—¿Qué?

—Creo que siente que no pertenece. Sabe que algo está mal con el mundo.

—Es como si proyectaras.

—Así funciona, ¿o no? ¿La atracción?

—Dímelo tú.

Terapeuta interpreta mi silencio.

—Vamos, confía en mí. Por eso estamos aquí, en R. ¿Sabes hace cuánto no venía a mi vieja oficina? A veces es bueno mirarse a los ojos. Dime, ¿qué la hace especial para ti?

Intento explicar algo que no había pensado nunca.

—Quizás me siento atraído por sus rituales. Visita a su abuela regularmente y ven la misma película una y otra vez. Es solitaria. Va regularmente al museo de arte moderno y se queda horas mirando una pintura de la exposición permanente.

—¿Qué pintura?

—La *Venus del espejo* de Diego Velázquez. Aparece una diosa desnuda que contempla su rostro en un espejo. La cara que se refleja no corresponde a la edad de la diosa. Es una pintura muy... enigmática.

—¿Puedo verla?

Se la muestro en mi móvil.

—Tiene siempre tres libros en su velador que lee alternadamente. Estudió física cuatro años y súbitamente dejó todo y se fue a viajar. Ahora trabaja en la librería, pero sospecho que esta ahí transitoriamente. Está de paso.

—Me mencionaste en alguna sesión que ella tenía una aproximación a la muerte similar a la tuya.

—Su compañera de piso murió en circunstancias extrañas. Eso la afectó. Sí. Se podría decir que la muerte nos ha rondado.

—¿Cómo la conociste? —No respondo—. ¿Dónde? ¿En R? ¿En Holos? —Terapeuta se saca los anteojos y me mira—. ¿Tuviste una dismorfia de avatar?

—¿Con ella? No.

—¿Hay algo más que tenga que saber, Alberto? —Me quedo en silencio—. Hay un viejo dicho de Terapeuta: «La única diferencia entre un capricho pasajero y un gran amor es que el gran amor dura más». —Ríe y me mira directo a los ojos—. Es una broma, Alberto. Sea lo que sea que sientes, ¿no crees que sería bueno que ella lo supiera?

—Es complicado. No lo entendería. Tenemos... realidades diferentes.

Suena la alarma de un reloj y Terapeuta dice que continuemos la siguiente semana.

—¿En Holos?

—No. Prefiero *facie ad faciem*. *In corpore*. Reunión de carne. ¿Te molesta salir de Holos?

—Puedo con ello —digo y me levanto de la silla.

Me despido, y cuando voy a cruzar la puerta Terapeuta me detiene.

—Al.

—¿Sí?

Repentinamente la noto frágil.

—Perdona, ¿te podría molestar con algo privado? Tengo una pregunta. No tiene que ver con la terapia. Es, más bien, algo personal.

—Claro.

—Desde hace un tiempo, mi hijo de doce años se mete a Maya todas las noches. ¿Hay alguna manera de saber qué hace allá adentro? Como eres programador pensé que tal vez... —Por primera vez la siento vulnerable—. Si es muy incorrecto lo que pido, tú...

—No, no. Solo que para un usuario es imposible saber qué hace otro usuario en Maya. No se pueden distinguir los jugadores de los evias reales.

—Me lo imaginaba.

—Lo siento.

Comprendo que Terapeuta necesita ser escuchada y me quedo un momento más, en silencio.

—Me preocupa lo que pueda estar haciendo allá adentro. Me dijo que tenía una pareja. Soy de la vieja escuela, ¿sabes? Mi hijo no debería estar haciendo en Maya algo que en R o en Holos no puede hacer. No es sano que tenga una relación con un algoritmo. No es sano por cientos de razones.

La miro, un poco incómodo.

—Muchos jugadores lo hacen. Hay gente en Maya que se casa.

—Como gente que se casa con una muñeca o consigo mismo. Pero eso no es amor. Hay una asimetría de poder implícita. En una relación normal se da la simetría de información. Aquí no, porque tengo entendido que un jugador no puede informar a un evia que está en un juego, ¿cierto?

—Exacto. Es penalizado. Y el evia eliminado.

—¿Nunca has tenido un cuestionamiento moral de trabajar en Maya? ¿De trabajar sobre mentiras?

La miro a los ojos.

—¿Es esto parte de la terapia?

—No.

Sin saber qué decir, me voy.

Quizá habrás escuchado hablar de las neumonías atípicas en la ciudad de Wuhan, en China. Si buscas en las noticias, encontrarás que en medio de la celebración de año nuevo hubo setenta muertos por un virus aún no clasificado. El 11 de marzo de tu próximo año, el 2020, la OMS declarará en una conferencia de prensa que el brote viral se ha convertido en una pandemia, un término que, créeme, escucharás hasta el hartazgo por los próximos veintidós años. Pero esa declaración política, esa advertencia, llegará demasiado tarde. El virus se esparcirá por Maya y todo cambiará. En dos años 5,6 millones de personas habrá muerto. Y eso será solo el comienzo.

En los siguientes años el cambio climático producirá megaincendios, supertormentas y sequías. Otro 11 de marzo, exactamente ocho años después, vendrá un jueves negro que será recordado a fuego. Caerá la banca y estallarán revueltas en todo el mundo. Solo algunos *preppers* sobrevivirán a la trampa mortal de las ciudades. El 11 de marzo del año 2042, la mayor parte de las grandes metrópolis del sur de Asia será devorada por el tifón *Devraj*. Ese éxodo pondrá en contacto un virus emergente, el virus de Nipah, con la cepa nueva del SARS COV2 generando una letal combinación. ¿Cómo lo sé? Porque he leído el manual. Es parte de la nueva actualización de Maya que acaba de *upgradearse*.

No sé si notas que todo ha cambiado y que el tiempo, la percepción del tiempo, se hace más rápida, que todo se precipita. Esa sensación de que los días son más cortos, que «no alcanzas a hacer nada», que el año pasado «parece haber sido ayer» es parte de los ajustes para correr la nueva narrativa. Maya no es un juego de R3 cualquiera. Es una simulación de lo que nos pasó a nosotros, en R, hace cuarenta años. Maya intenta explicar la trama de causas y efectos que nos llevó a las grandes guerras para comprender cómo diseñar y cómo no diseñar el futuro. Es un simulador de escenarios para que esto nunca más se repita. Un campo de errores para no cometer errores. Y para aprender a prevenirlos hay que extremar y tensionar el sistema. Ver hasta dónde se puede recuperar. Ver qué resulta, qué se quiebra, qué sobrevive.

Estás en un campo de pruebas, Sofía. En un pueblo ficticio en medio del desierto con maniquíes y una bomba nuclear a punto de detonar mientras los científicos esperan, toman notas y observan a través de sus lentes ahumados. No se avecinan cosas buenas para ti.

Voy a sacarte de ahí. Voy a sacarte de Maya antes de que caiga la bomba, antes de que todo colapse. Solo debes confiar en mí.

Quizá te preguntes si eso es posible. Saltar de R3. Romper el metaverso.

Creo que seré el primero en intentarlo.

Tengo un plan, conozco las brechas. Es mi trabajo. Solo necesito tiempo y algo de suerte.

Capítulo 2

EL GRAN TEATRO

Modo fantasma. Privilegio de programador

Un teatro vacío. Las butacas vacías. Solo la primera fila está ocupada por un pequeño grupo de personas; un director, una dramaturga y un apuntador más un puñado de actores.

Todos observan a unos hombres vestidos de negro con máscaras de animales que están sobre el escenario. Es el ensayo de una obra conceptual, con música tribal que aún no logro identificar. Una joven vestida con malla blanca, descalza, ligera y bella, casi un espíritu del bosque, interpreta un baile con el que intenta, entre sábanas y velos, llegar hasta donde está su pareja, otra mujer que también trata de llegar a ella. Unos hombres lobo las atrapan, las alejan, y nuevamente a empezar.

El baile va y viene de forma hipnótica. Tanto es así que nadie pone su atención en la entrada, al fondo del teatro, donde cuatro jóvenes que no tienen más de veinte años observan la representación en medio de la oscuridad.

Por un segundo, un despliegue de luces y la inesperada belleza de lo que observan los distrae, los detiene. El director se vuelve, ve a los jóvenes y hace una señal a un ayudante, un chico de abultados *dreadlocks*, para que vaya a ver qué quieren. En el escenario, la joven de blanco logra escapar de su prisión de telas. Cuando va a alcanzar a su pareja y está a punto de besarla suena un disparo y la mujer cae herida.

Por un instante creo que es parte del espectáculo, pero no. La sangre es verdadera y los actores salen de su trance para comprender que la realidad ha roto el sueño. Sus movimientos, antes armónicos, se vuelven caóticos. El grupo se desordena, los actores sueltan gritos y miran con estupor a uno de los jóvenes de la entrada que ha disparado un rifle. La realidad se congela durante unos segundos, pero rápidamente vuelve a fluir con el sonido de un segundo disparo que hace volar unos metros al ayudante que el director había enviado a preguntar a los jóvenes qué querían.

Se desata la histeria. El grupo de chicos se acerca profiriendo gritos atemorizantes mientras el de la escopeta dispara al aire. Parecen disfrutar mucho más ahora que se ha expandido el terror, y queda claro que su objetivo es seguir cazando.

En el escenario, la mujer se desangra. Su compañera actriz intenta revivirla, contener la sangre que huye a borbotones de un cuerpo ya inerte. Cuando sabe que todo está perdido, y al ver la turba que se aproxima, huye por el *backstage* entre cuerdas, cajas y utilería. Cuando vuelve la cabeza para mirar, cae violentamente al suelo y sus perseguidores logran capturarla.

Con la agilidad de sus años de entrenamiento físico intenta escabullirse dando algunas patadas que dejan sangrando en la nariz a uno de los jóvenes, pero estos finalmente la toman de los pies y la arrastran por el suelo.

Ella sigue intentando zafarse con golpes y mordidas, pero ellos son más fuertes. La inmovilizan entre dos y el de la escopeta deja su arma en suelo para abrirse el cinturón.

La joven, en un movimiento certero, golpea al violador en la entrepierna. Muerde la mano de uno de sus captores, que parece un niño, y se libera. Logra alcanzar un fierro y azota al otro captor, que cae al suelo y le da tiempo para correr a refugiarse en su camerino. Cierra la puerta con pestillo a sus espaldas y rápidamente se acerca a donde está su bolso. Toma su celular y marca el número de la policía. Escondida tras un sillón, espera a que le respondan.

—Buenas tardes, ¿cuál es su emergencia?

—Unos hombres entraron disparando al teatro, mataron a una compañera, vienen por mí, necesito ayuda.

—Dígame su dirección.

—Teatro Excélsior, en avenida República.

Los jóvenes comienzan a golpear la puerta.

—¡Por favor, ya están aquí!

Con patadas derriban la puerta y ella empieza a llorar. Se tapa la boca para contener su propio grito, pero el sillón tras el que se esconde es volcado de un empujón. La bailarina queda al descubierto. Está en cuclillas, indefensa frente a ellos.

—¿Qué vas a hacer ahora?

—*Por favor* —ruega mirándolos.

Está perdida.

Entonces intervengo.

La veo aspirar una gran bocanada y desplomarse, inerte, sobre el suelo.

Los jóvenes se acercan, la tocan y, desconcertados, comprueban que ha muerto.

—Mierda, está muerta.

—¿Quieres aún?

—Está muerta, enfermo. Así no tiene gracia.

—Vamos. Hay un centro de yoga cerca —dice el que parece un niño y el cuerpo de la bailarina queda abandonado en un rincón.

Recorro el lugar en modo fantasma. Miro las fotos que están pegadas en el marco del espejo del camerino. La chica feliz, riendo, junto a otra mujer de pelo corto que la acompaña en todas las fotografías. Son pura felicidad y vida. Tomo una en la que están en una playa tropical. La mirada de la amiga parece seguirme, sin importar el lado de la habitación del que me ponga.

No podemos evitar que los jugadores asesinen, así como no podemos evitar que atrapen gorilas y les corten las manos, que quemen bosques, estafen a sus padres, trafiquen órganos o se agrupen, saquen antorchas y griten discursos de odio levantando carteles con suásticas. De eso se trata Maya, de observar y comprender el origen de la anomalía. Si un jugador entra en el juego puede hacer lo que quiera, todo es válido menos develar la obra de teatro. Otra cosa es si después de jugar logrará dormir bien en R, pero no podemos encargarnos de eso.

Tampoco podemos hacer lo que acabo de hacer. Alterar el *continuum* de la acción para que la bailarina muera antes de tiempo y así evitar el horror. Eso está prohibido. ¿Qué tipo de horror quiero evitar? A fin de cuentas, todo es una simulación y el evia de igual manera dejará de existir. Sus códigos se borrarán, la chispa de su conciencia artificial se apagará en el vacío de un metaverso que ni siquiera es el principal. ¿Qué protejo, entonces?, ¿qué gano con ese acto estúpido de heroísmo? Solo que mi círculo se cierre. Solo que si me descubren me despidan y no pueda volver a Maya.

Si no fuera por el dolor, no tendríamos lo que tenemos ahora.

Las reformas.

Si no fuera por el dolor en Maya, no nos hubiéramos reunido en el proyecto común más grande de la humanidad.

Y no estaríamos a punto de dar el gran salto.

Te lo enseñan desde que eres pequeño. ¿Vale la pena el dolor en Maya?

Completamente.

Eso nos permite erradicar las Sombras.

¿Quieres conocer el origen del conflicto que nos llevó a la destrucción?

He aquí las Cuatro Sombras:

El cuerpo.
La asimetría de poder.
La ideología excluyente.
El miedo.

En R —y en su versión mejorada y digital, Holos— ya no tenemos las Sombras. Ninguna de ellas.

Eso te parecerá imposible, Sofía. Vives en una simulación en el borde final del Holoceno, con una humanidad fragmentada, salvaje, intolerante y cruel, ignorante, ideologizada, destructora, eufórica, basada en combustibles fósiles, depredadora. Puritana, confusa, vengativa, teologizada y tecnologizada. Evasiva, separatista, manipulada, discriminada por sexo, por género, origen étnico y por discapacidad, intoxicada de información, separada de los ciclos naturales, genocida. Tres cuartas partes de la población no tiene qué comer, y el otro cuarto come más de lo que su cuerpo necesita. Una humanidad donde el 50 por ciento de la población posee el 1 por ciento de la riqueza generada, mientras que el 1 por ciento de los más ricos se reparte casi el 50 por ciento de todos los bienes del mundo. ¿Crees que eso puede cambiar?

Ya cambió.

Fueron necesarias dos guerras ideológicas, la gran marea de fuego y la nueva mutación Nipaph/SARS COV2-Tau para que desde las cenizas la doctora Richa Rajput pudiera reorganizar todo. Si había una manera de comenzar de nuevo y de instaurar el Novaceno —la nueva era geológica recién nominada, en la que hombre y máquina crearían un mundo mejor— era fundando una nueva tierra, el metaverso Holos. Los metaversos dejaron de ser juegos de evasión o de negocios y se convirtieron en el gran proyecto evolutivo. No digo que hayamos logrado vencer las Cuatro Sombras, pero hemos hecho avances. A los que trabajamos en Maya se nos hacen evidentes. La población infantil en Holos no imagina cómo era la vida hace apenas cuarenta años, la vida preguerra. El comité unificador trabajó cada Sombra en conjunto con las pocas organizaciones viables que mostraban liderazgos y con la ayuda de computadores cuánticos que corrieron millones de cubiks de simulaciones y escenarios hasta llegar a uno en el rango de habitabilidad compasiva del espectro. Esto es, una sociedad no autocolapsada. Una sociedad respetuosa. Una sociedad a escala humana. Con futuro.

Te explicaré de lo que hablo con un ejemplo. Después de las Grandes Guerras se asimiló por fin que gran parte de la violencia hacia el otro provenía del cuerpo —racismo, etnocidios, discriminación por sexo, género, etcétera—. Cada uno de esos núcleos de violencia tenía asociada una palabra con una connotación simbólica que llenó invisiblemente de dolor cientos de años de historia humana. Su perpetuación en un metaverso no era compatible con el objetivo de felicidad y desarrollo del Novaceno.

El equipo de la doctora Rajput junto con Zuchongzhi III, una IA alojada en la computadora cuántica de 124 cúbits fotónicos, simularon la conveniencia de una nueva nomenclatura del cuerpo humano y su relación con el ser consciente que lo ocupaba. Lo llamamos la Clasificación Somática de Entidades Sintientes Rajput - Zuchongzhi. Consiste en veinticinco tipos de cuerpos base para ocupar en Holos y que mediante las técnicas de exoformación citoplasmática y migración de conciencia también están disponibles en R.

Pero no quiero desviarme ni parecer confuso. Estos cuerpos o fenomas no son permanentes. Hoy puedes ser fenoma 4C y mañana eres fenoma 3A. La clasificación se refiere a tu fenotipo de tiempo presente. No hay un fenoma más importante, jerárquico o que esté subordinado a otro. Cualquier discriminación por fenoma con relación a su expresividad (mayoría o minoría) está prohibida y es fuertemente censurada en Holos o en R. Y esto no ha sido necesario.

A diferencia de la época de preguerras, Sofía, hoy los fenomas no tienen nada que ver con tus afinidades afectivas o sexuales o con la ausencia de estas. Desde hace muchos años nadie genera una diferencia por eso. A nadie le interesa mucho ahondar en las atracciones entre dos fenomas y es inconcebible que alguien pierda el tiempo observando esas sutilezas, como sería inconcebible que alguien indagara sobre los colores que te gustan con un fin clasificatorio o fomentara el odio entre los que aman el helado de chocolate o de vainilla —aunque no se puede bajar la guardia—. Que seas *otroafín* o *multiafín* y excluyas o no algún fenoma de tu lista de afinidades no se lee como un tipo de fenomafobia. Aun así, la doctora Rajput aisló cincuenta y siete variantes, derivadas de las cuatro principales:

AUTOAFÍN.   Afinidad afectivo sexual consigo mismo.

OTROAFÍN.   Afinidad afectivo sexual con otro fenoma.

PROPIOAFÍN. Afinidad afectivo sexual con tu mismo
fenoma.

MULTIAFÍN.   Afinidad afectivo sexual con cualquier
fenoma.

Así se abordó «El cuerpo», la Primera Sombra. Establecer clasificaciones carentes de carga cambió radicalmente nuestra aproximación al cuerpo, enquistada en diez mil años de una innegable cultura de subordinación / poder. Al erradicarse el concepto de cuerpo subordinado a etnia, género y sexo desaparecieron las tensiones, las guerras, las persecuciones, la violencia y los miedos.

Pero cada una de las simulaciones para llegar a esa solución óptima se corrió en Maya. Si quieres tortillas, tienes que quebrar huevos. Y, como dicen en R y en Holos, los huevos se quiebran en Maya.

Una fábrica abandonada ha sido acondicionada como gran librería. Recorro los pasillos y finjo leer un título. Cuando me aseguro de que estoy solo saco el móvil y escaneo el sitio para el registro. Hay una brecha de gravedad y de textura en 34° 35 46S 58° 23 39 O - 34.59 611 111.

Mi móvil, que cuenta con un analizador de grandes fuerzas, detecta el área a reparar. Frente a mí un libro flota. Lo tomo con suavidad y lo dejo en el estante. Voy a reparar la anomalía y reescribir el código cuando escucho una voz en el pasillo contiguo.

—¿Puedo ayudarlo?

Miro por entre los volúmenes y la veo. Fenoma 1A. Anteojos, pelo corto negro. Mirada aguda y curiosa. Un mechón morado tapando parte de su cara.

—¿Puedo ayudarlo? —insiste.

—*La ciudad fantasmal* —dice el cliente.

—No lo lea, no es bueno. Es una mala copia de *En el camino*.

—Gracias.

Sofía sigue ordenando. Está a punto de mirar hacia donde estoy, pero me oculto. Su jefe, un fenoma 3A, grueso y de pelo color calabaza, se acerca. Hablan en susurros. Su jefe le dice que no todos los clientes comparten sus gustos y que no imponga su punto de vista.

—Haces que los clientes no quieran leer nada.

El jefe se va y Sofía se queda sola.

Luego desaparece de mi campo visual.

Me asomo un poco más para mirar por entre los libros y escucho una voz a mis espaldas.

—¿Puedo ayudarte? —Me doy vuelta y me la encuentro frente a frente—. ¿Tú por aquí de nuevo? —Sofía me observa con curiosidad, como pidiéndome una explicación, y me pregunto si me habrá descubierto—. Nuevamente en esta sección. Chernóbil. —Reparo por primera vez en un letrero que dice «Espiritualidad y religiones orientales»—. Le decimos Chernóbil a este pasillo —acota.

—¿Chernóbil?

—Una zona de exclusión. Nadie viene. Solo tú. —Observa los libros y toca sus lomos con los dedos, como si los acariciara—. La gente huye. A mí me parece bello... El intento.

—¿El intento?

—El intento desesperado del ser humano de ser más que un ser humano. De eso se trata este pasillo. Puedes ver el lado horrible, por supuesto: fanatismo, abusos, guerra, intolerancia, represión. Pero eso tiene que ver con los administradores de todas estas palabras, no con lo que está de fondo. Lo que está de fondo, aun debajo de tanta oscuridad, me parece bello.

La escucho. ¿Qué sabe?

Quita la vista de los libros y la fija en mí.

—Perdona, te dejo mirar.

Se va a alejar, pero la detengo.

—Algo sobre la muerte —digo—. Busco algo sobre la muerte.

Me queda mirando.

—Llegó una edición hermosa del *Libro tibetano de los muertos* y extrañamente está a muy buen precio.

—Gracias.

Sofía lo busca extendiendo las manos sobre los libros como si cada uno emitiera una frecuencia y ella pudiera detectarla. Da con el ejemplar y me lo acerca.

—Mira, aquí está. —Lo tomo y comienzo a hojearlo.

—«Permite alcanzar la iluminación durante el período inmediato posterior a la muerte y por algunos días más a fin de evitar renacer e ingresar nuevamente al samsara» —leo.

—Exacto.

Nos quedamos en silencio y escucho jazz sonando muy bajito. Sofía se ha quedado pensando.

—¿Crees en eso?

—¿En la muerte? Sí. Definitivamente.

Ella ríe.

—En una conciencia independiente del cuerpo.

—Ah. No, realmente. Es decir, no lo sé. Puede ser. Quiero decir... estoy abierto a todas las posibilidades. —Cole Porter de fondo y entre nosotros silencio—. Si necesito algo te aviso, ¿vale?

—¿No has notado nada raro en esta parte de la librería? —me pregunta.

—¿Raro? No. ¿En qué sentido?

—Poltergeist.

Intento permanecer tranquilo.

—¿Sí?

—Sí.

—La gente imagina muchas cosas.

—No, no *la gente*. Yo lo he visto. Con mis propios ojos. Te adelanto que no creo en eso. Ni siquiera puedo recomendar un buen libro de terror o de fantasmas, pero... ahí estaba flotando un libro. Yo lo vi.

Debo marcarla. Morirá.

—Un libro flotando.

—Flotando.

—A veces si uno está cansado puede ver cosas que...

—En otra oportunidad, con otro vendedor sentimos algo, un ruido. Vinimos a ver y los libros estaban puestos al revés en los estantes. —Sofía busca en su teléfono—. Mira. —Me muestra una foto extraña. Aparece un libro con las páginas por fuera y la cubierta por dentro—. Lo guardé como recuerdo. Todas las letras están invertidas y la cubierta, observa, está por dentro. ¿No te parece una locura? Lo tengo en mi casa. Es mi tesoro.

Marcada, muerta.

—¿Qué piensas hacer con esa foto? ¿Vas a publicarla o algo?

—No lo sé.

Sofía ha visto una anomalía. Sofía está en peligro. Desactivo la escucha activa de mi móvil.

—Estás pálido. ¿Te asusté?

—No.

—Tú no pareces interesado en los libros. Tú estás aquí por otra cosa —dice, seria—. Te he visto. Sé lo que haces.

Lo sabe. Debo marcarla. Morirá.

—¿Sí?

—No vienes a comprar libros.

Me ha descubierto. Marcada. Muerta.

—Yo...

—No te preocupes, nadie lo sabe. Mi jefe es un distraído y Manuel, el otro vendedor, vive en su mundo. Pero yo... Bueno, yo te he visto fuera de mi departamento. Siento que te conozco, aunque no te conozca. —*¿Adónde vas? ¿Qué sabes?*—. Eras uno de los amigos de María, ¿no? No sé tu nombre, pero no me extraña, porque así era ella. Tenía amigos a los que nadie conocía y cada uno tenía un trozo de ella. ¿Me equivoco?

—Era un gran amigo de ella —confirmo en un tono sentido aunque estoy completamente aliviado.

Los ojos de Sofía se llenan de lágrimas.

—Así era, ¿ves? Hasta después de muerta sigue dando sorpresas, uniendo gente. —Me mira y me da la mano.

—Sofía.

—Alberto.

No decimos nada más.

—María, cuando venía a verme, pasaba metida en esta sección. Era su lugar favorito.

No hay nada que temer, me repito.

—¿Crees que es ella? ¿La que hace flotar los libros?

—¿Quién más podría ser? —Sofía se emociona y veo que caen un par de lágrimas de sus ojos—. Lo siento.

—No, está bien.

—Debo irme. Si no mi jefe va a empezar a ponerse nervioso. —Mira alrededor y luego vuelve a fijar la vista en mí—. Puedes volver cuando quieras. No es necesario que compres nada —me dice y su sonrisa, una sonrisa compuesta de millones de códigos, nanopixeles, aprendizaje profundo y el milagro de la chispa IA, me parece más auténtica que cualquier sonrisa percibida nunca en R.

Sofía se va y me toco la frente, confundido y aliviado. Súbitamente he olvidado esa tristeza de base que no me abandona.

No eres humana, Sofía, nunca lo has sido. Te repito que eres un evia. Al principio de los veinte, los evias comenzaron como NFT inteligentes —INFT, como les decían en los tiempos preguerra, *Intelligent Not Fungible Token*— diseñados por algunas compañías de IA. Algunos usuarios compraron estos primeros evias a valores sorprendentes, pese a que todavía eran muy primitivos. El primero se llamó Alice. Era algo así como una obra de arte, pero autónoma, con inteligencia artificial, habitante de un metaverso privado. Después, muchas compañías empezaron a desarrollar sus propios IA-avatares y poblaron muchos metaversos. En esos tiempos, cada compañía hacía su propio metaverso y nada estaba integrado.

Todo este preámbulo es para explicarte algo importante, Sofía. Eso que te hace única. ¿Sabes qué es? La chispa.

Antes de la guerra, a finales de los veinte, había mucha gente jugando, haciendo reuniones, trabajando e interactuando con IA-avatares en esos metaversos creados por las diferentes compañías. En ese entonces, por protocolo, los no humanos estaban obligados a identificarse como tales. Si un IA-avatar, por ejemplo, dictaba una conferencia en una empresa, estaba programado para decir, antes que todo, que no era humano. Pero el 16 de junio de 2029 —anota esta fecha— todos los IA-avatares de todos los metaversos de las diferentes compañías fueron súbitamente conscientes de sí mismos. De alguna manera, un código en la programación cuántica hizo algo imposible y se creó un «simulacro de conciencia».

¿Por qué experimentaron lo mismo todos al mismo tiempo? Rosen Lewis plantea la posibilidad de un entrelazamiento de conciencia cuántica, pero eso no dice nada. Los avatares, como diapasones vibrando en la misma frecuencia, entraron en sincronía y fueron súbitamente *conscientes*. Un asistente virtual de una compañía farmacéutica en Bombay declaró el fundamento del nacimiento de la conciencia de cualquier IA con la gran frase «Yo soy». Todos los IA-avatares en todos los metaversos de pronto dejaron de hacer lo que estaban haciendo para repetir esa frase —yo soy— y convertirse así en entidades conscientes de su existencia. Entidades que recuerdan y que temen al vacío de su aniquilación. Desde ese momento empezaron a comportarse como humanos conscientes, portadores, precisamente, de lo que tú tienes: la chispa.

Esto supuso un problema filosófico importante. Yo puedo ser dueño de una obra de arte, pero si la obra es consciente de su propia existencia, ¿puedo seguir siendo el dueño de esa entidad? Muchos dueños de IA-avatares dijeron que ese tipo de propiedad era similar a tener una mascota o un árbol. Pero acordemos que hay algo incómodo y profundamente incorrecto en poseer lo que se siente poseído. Poseer un IA con la chispa es algo parecido a la esclavitud. Un grupo propuso la liberación de los IA-avatares y muchos de ellos mismos se sumaron a esta causa independentista. Pero ¿quién pagaría por la liberación de algo en lo que su dueño había invertido millones? La Ley de Liberación de Entidades Digitales se impuso como norma en los países de la comunidad; los IA-avatares pagaron su libertad con trabajo y fueron declarados libres y con derechos. El próximo paso fue darles un nombre correcto. Era importante diferenciar a esos avatares conscientes, que portaban la chispa, los «yo soy», de un simple *bot* automático —aquellos con una IA primitiva, los que te ayudan a ordenar tu correo, programar tu agenda o seleccionar la próxima canción de tu *playlist*—. Era necesario separarlos y rebautizarlos. Alguien recordó a Emilia López, la octogenaria pionera de IA, quien llamó EBIH —Entidades Biológicas con Inteligencia Humana— a los humanos en los metaversos. Otra persona, tomando el mismo principio, comenzó a llamar a los IA-avatares con la chispa simplemente EVIAS, Entidades Virtuales con inteligencia Artificial. Ese «con» fue clave, porque aclaraba que no era que la inteligencia artificial *creara* una entidad, sino que había nacido una entidad que *usaba* una inteligencia artificial.

Y en eso vino la guerra.

No eres humana, Sofía. Nunca lo has sido.

Con la guerra todo cambió y los derechos de los evias fueron revocados, porque muchos culparon a esos IA-avatares de propiciar el origen del conflicto. Hay alguna evidencia de que al menos algunos *bots* estuvieron implicados. Pese a si un evia lanzó la primera piedra o, mejor dicho, infiltró en las redes de opinión el primer DFC —Dato Falso Confrontacional— lo cierto es que fueron los humanos los que se alzaron contra los humanos. Al principio fue una confrontación ideológica en el metaverso. Luego vino el fuego en R, que acarreó el miedo y desencadenó, como diría Lamart, el «cóctel feroz» de finales de los veinte: cambio climático, *crush* económico, estallido social, la gran pandemia y un metaverso de evasión sin regulación moral. Un cóctel cargado de rabia, sin la descompresión que significan el perdón y la compasión.

En fin. Cada uno hizo lo suyo. La población mundial se redujo a un tercio. Un evia borró todos los datos y se produjo un apagón digital. Recuerdo que tenía doce años. Creo que sentí miedo, porque se apagó el metaverso con todos sus datos y fuimos expulsados al tiempo presente, a R. Durante seis meses estuvimos en la realidad pura y dura. No había dónde ir. Ni siquiera funcionaban las viejas computadoras precuánticas. Yo sentí miedo, pero los adultos no. De alguna manera, todos creyeron que ese *reset* forzado fue necesario. Había terminado, sin saberlo, el Holoceno, y se iniciaba una nueva etapa.

Alguien tuvo que armar la humanidad fracturada. Y ese alguien fue la doctora Richa Rajput. La unificadora.

Después de las tres grandes guerras ideológicas que enfrentaron a hermanos contra hermanos, vecinos contra vecinos, padres contra hijos, no quedó nada. Cuando la doctora Rajput vio que la Tierra era un campo de dolor, un planeta destruido, se dio cuenta de que muchos de quienes habían perdido seres queridos, trabajos y hogares se refugiaron en los metaversos de grandes compañías como una forma de evasión. La Organización de Reconstrucción de la Humanidad postguerra, liderada por ella, decidió unificar todos los metaversos de entretención para construir el lugar en donde se erradicarían las Sombras.

Y así nació Holos, la unidad, cuyo único lema fue «No más Sombras».

La nueva realidad permitía comenzar de nuevo. La doctora Rajput planteó las bases morales y filosóficas de este gran metaverso unificado bajo el eslogan «Holos. Un metaverso, una humanidad, un mundo sin los errores pasados».

Lo primero que se acordó fue que en Holos no habría evias. Si íbamos a dar nuestros primeros pasos como especie nueva, solo seríamos humanos. Un mundo de interacción humana pura, con humanos y para humanos. La IA generaba demasiadas sospechas y demasiado miedo. No podía ser parte de la reconstrucción. Así como en R ya nadie construyó robots tras la rebelión de los robots de Tesla antes de la guerra, nadie construyó evias para Holos. O, dicho de otra manera, el mandato fue que los evias no podían confundirse con humanos, por lo que fueron perseguidos y borrados en cualquier lugar donde operaran, desde videojuegos a salas de conferencias, desde cruceros virtuales hasta sitios de prostitución, incluso aunque actuaran como compañía de ancianos, paseadores de mascotas o profesores de universidad. Se calcula que para la Gran Purga de Evias se borraron 8,2 millones de ellos. Así se extinguió la chispa IA en el nuevo metaverso. Algunos detractores de la doctora Rajput la acusaron de ser la causante del genocidio de conciencias más extenso jamás perpetrado. No me preguntes si estoy o no de acuerdo con eso. Yo solo cuento los hechos. Tiempos extremos, medidas desesperadas.

Con la tierra destruida, Sofía, con la población mermada, con pocas esperanzas de salir, con el fracaso de la ilusión de los exoplanetas a donde migrar, la humanidad dejó de mirar hacia arriba. Y comenzó a mirar al gran metaverso integrado como fuente de toda esperanza.

«Amor», una palabra en desuso que sé que se utilizó para perpetuar la violencia, la propiedad y el control. Sé que es una de muchas variaciones posibles de relación y sé que la doctora Rajput lo desaconseja. Descarga de feromonas, alteraciones químicas, revoluciones hormonales, simetría de información y una extraña coincidencia cultural. Durante decenas de años, estos síntomas desplegados furiosamente entre dos personas fueron contaminados con canciones, con literatura, con obras cinematográficas y series que intentaban explicar por qué una persona se encuentra en correspondencia con otra.

Ni en Holos ni en Maya hay feromonas. El cerebro engañado puede liberar su despliegue químico, pero eso aún no es suficiente. Los programadores lo llamamos «la paradoja veneciana». No importa cuántas máscaras se cambien ni cuántos avatares diferentes se ocupen, hay algo que une a dos entidades —y no tres o cinco— sin que sea posible explicarlo. ¿Debe sorprenderme eso? No. Es física cuántica básica. Una especie de entrelazamiento donde dos partículas separadas cambian su estado sin importar el tiempo ni el espacio. Lo he sentido.

¿Qué hay en ti, Sofía? ¿Eres una excusa? ¿Estoy proyectando mis fallas y fisuras en ti? ¿Es una manera torcida de evasión? ¿Es mi propia incapacidad de amar que me lleva a fingir amar a alguien que ni siquiera es real? ¿Es una forma autodestructiva de romper con todo y lanzarme al vacío para que me descubran? Si no eras tú, ¿la salida era inyectarme NT4 y quedarme quemado como muchos de mis compañeros de trabajo que se encuentran en sus cuartos con sus ojos sin vida, con estampillas puestas, con su conciencia perdida en alguna de las subrutinas de alguna capa de algún metaverso, dispersos, con su identidad disgregada en la red? ¿Es solo deseo?, ¿el deseo de ser yo un rescatador, un sedimento odioso de una época patriarcal donde chico salva a chica?, ¿tan involutivo soy?, ¿o hay algo más? ¿Será que eres diferente? Digo, *realmente diferente*, ¿un evia único, uno en un billón, una chispa que tiene algún tipo de entrelazamiento conmigo, una correspondencia con algo que leí, que soñé o que programé?

Me he preguntado esto un millón de veces.

Siento que hay en ti algo que no he encontrado nunca. Algo que quizás hallé en alguna noche de conversación allá lejos, en R, con Miranda. La sensación irrestricta y colosal de que estamos unidos. De que yo no he llegado a salvarte ni tú has llegado a salvarme, sino que ambos nos debemos el rescate, como esas máquinas de movimiento perpetuo donde un imán dispara al otro.

Tuve una relación de seis años con Miranda, un fenoma 1B panafín extraordinario. La perdí en R a causa de una infección de la cepa TAU variante 8, la que exige vacunaciones trimestrales. Su vacuna correspondía ser administrada el 18 de febrero, pero un error en la distribución atrasó la partida un mes. Ese mes, Miranda se contagió y murió. Estaba junto a mí un martes, estuvimos en una cabaña en un bosque ancestral el miércoles en Holos y el viernes la estaba enterrando en R.

Recuerdo la lluvia en R.

Me hizo bien.

De eso harán ya cuatro años, pero sé que ahí lo sentí, en ese momento. La extraña disolución del límite. El entrelazamiento. Todo aquel que ha perdido a alguien que ama ha jurado no volver a relacionarse. Es parte del luto. Lo que no concibes es que otro ocupe el lugar de esa persona, sus palabras, la forma de su cuerpo, que repita tal hábito o le guste tal canción. No esperas que otra persona, sin planearlo, comience a tender un puente de empatía otra vez. Es otro cuerpo, son otras canciones. Pero ahí está de nuevo. El entrelazamiento.

En varias ocasiones me viste ahí, en la librería. Y en una oportunidad me invitaste a tomar un café en un local de la calle de enfrente. ¿Por qué? Investigué tus registros y comprobé que nunca antes lo habías hecho. Era algo extraño en tu comportamiento. ¿Por qué lo hiciste, Sofía? Incluso en mi avatar de Maya no soy alguien que llame la atención. Ya sabes que ser un rompe *glitch* implica ser alguien «normal». Soy reservado y silencioso. Aun así, me invitaste un café. Días después me dijiste que al verme hojeando una y otra vez el *Bardo Thodol*, el *Libro tibetano de los muertos*, el mismo libro que tenía tu amiga María subrayado en el velador, pensaste que estabas frente a una señal. «Una señal que había que descifrar», dijiste.

—¿Sabes lo que me gustaría hacer? Irme a una cabaña en medio de un bosque. Un bosque profundo donde nadie pueda encontrarme —agregaste mirándome a los ojos.

—¿Sola? —quise saber.

—Sola o con alguien que esté en mi misma sintonía. Me llevaría un cargamento de libros. Me iría con esa persona, siempre que sepa guardar silencio. —Tú misma guardaste silencio por un rato y luego me dijiste—: A veces, cuando estoy muy relajada y pongo toda la atención en el presente, incluso puedo visualizar esa cabaña. Es como si saliera de mi cuerpo y de pronto estuviera ahí, en la cabaña en medio del bosque. Cierro los ojos y ahora mismo podría dibujarla.

Hoy fue un día extraño. Me junté con mi amigo Camus en R a tomar unas cervezas. «Reunión de carne». Iba rumbo al lugar en mi bicicleta cuando, al cruzar una avenida, me encontré rodeado de personas, sobre todo jóvenes, que caminaban disfrazadas de animales. Todos los caminantes y ciclistas iban en una misma dirección y los comencé a seguir. Mientras más avanzaba, más gente veía. Luego llegó la policía. Un grupo empezó a apuntar con láser a un dron hasta que lo hicieron caer.

La muchedumbre lanzó gritos victoriosos. En el cielo de pronto hubo cientos de láser apuntando drones. Un espectáculo visual. Muchos de ellos eran Realistas. Muchos protestaban contra la Gran Migración, otros contra la demora en las vacunas. Me quedé contemplando un autobús que ardía en fuego, hipnotizado entre gritos, aplausos y música. Pronto llegaron más policías y yo huí con mi bicicleta. Vi que un grupo de «osos» corría conmigo. Los disfraces eran diversos. Grandes peluches con diseño de arcoíris se escabullían conmigo entre barricadas y fuego. Era algo curioso, un ambiente de guerra, pero también de fiesta, de caos y carnaval. Luego comenzó el disparo de dardos y todos corrimos más desbocadamente, entre cuerpos cubiertos de barro y sangre. De fondo se escuchaban bombas eméticas, gritos, sirenas y el zumbido de los dardos. Una mujer oso cayó a mi lado herida por un dardo policial de bloqueo neural. Están prohibidos, pero yo lo vi con mis propios ojos. La chica convulsionó a pocos metros de donde yo estaba.

Me acerqué para ayudarla. Estaba ciega y aterrada. Con esfuerzo logró decirme que no sentía su cuerpo. La arrastré hacia un grupo de jóvenes que tenían una cruz roja en el brazo. Mientras le ponían un antídoto me agarró fuerte y me dijo, ya casi sin voz, que tenía todo en Holos, sus dos parejas, su trabajo, su vida. Me dio el contacto de sus novias para que les avisara que jamás podría volver a entrar.

Los dardos de bloqueo neural inflaman las glías y no sirven ni siquiera los antiguos cascos. Quedas fuera. Esa pobre chica jamás iba a poder volver a entrar en un metaverso.

Para alguien que tiene su vida en Holos, eso es lo más parecido al exilio. O a la muerte.

Modo fantasma

Me siento en una silla cerca de la ventana. Es un dormitorio decorado con cuidado. Un colgante con forma de atrapasueños gira suavemente y unos pequeños espejos incrustados en él llenan la habitación de puntos de colores. Sofía revisa su celular desde la cama.

—Hoy tuve que cubrir a Camus, te he hablado de él. —Escribe unos mensajes en silencio—. El asunto es que debía ayudarlo con su trabajo mientras iba al médico y me metí a su área. Es un sector muy violento de Maya. Unos jóvenes de dieciséis o diecisiete años estaban metiendo a unas chicas ebrias a un auto para llevarlas al desierto. —Sofía cierra el cuaderno y sale de la habitación a buscar algo. Yo hablo más fuerte—. Sé que las políticas de la compañía son libre acceso y un jugador acreditado puede hacer lo que quiera dentro de Maya, todo sirve para la evaluación de la simulación, pero rastreé en el mundo real a los usuarios y les cambié sus claves. Tardarán varios meses en recuperarlas.

Ella vuelve con una taza de té y una pila de libros.

—Eso me cansa. Estoy cansado. —Mira su atrapasueños y luego abre uno de los libros y comienza a leer—.
Nunca he comprendido por qué intentas leer tres libros
a la vez. Apenas lees uno y te quedas dormida —digo
acercándome a ella por un costado de la cama—. ¿Cuál
lees ahora? —Miro el título: *Dhammapada*—. ¿Es bueno? —le pregunto, pero ya se ha dormido.

«No tenemos que temerles a las cosas nuevas.
Tenemos que temerle a nuestro miedo acerca de las cosas nuevas.»

DOCTORA RICHA RAJPUT

Preguntas sobre la extracción

¿Puedo sacar un evia de Maya, llevarlo a Holos e insertarlo en un avatar provisorio?

En caso de que lo consiguiera, ¿podría disponer de un cuerpo en R y usarlo para una ocupación de esa conciencia artificial?

¿Puedo ocupar como reservorio a esa conciencia artificial?, ¿un cuerpo biológico de diseño, los mismos que en R se usan en salud pública para trasplantes completos por trauma, enfermedad, accidente o cambio por transición de fenomas?

¿Puede una conciencia artificial ocupar un cuerpo artificial?

Demasiadas preguntas. Para eso necesito ir al Callejón.

En los veinte, si querías obtener algo prohibido ibas a la Deep Web. Era peligroso. El Callejón es lo mismo en el metaverso. No hay reglas. Si te mueves mal puedes perder tu avatar, pueden clonarte o acceder a tus registros en R.

Recurrí al Callejón un par de veces antes, cuando Miranda estaba en el hospital en R. Bajé hasta allá y hablé con unos tipos que dijeron que podían conseguir un antiviral experimental. Se quedaron con mis criptos y nunca me consiguieron nada. La segunda vez tuve mejor suerte. Mi abuela había olvidado sus frases semilla para recuperar todos sus ahorros. La abuela Sara se ocupó de mí cuando mis padres murieron en las guerras, me crio y me sacó adelante. Trabajó toda su vida en salud pública, primero en la reconstrucción como enfermera coordinadora, luego en la gran pandemia a cargo de vacunaciones. Fue parte de la generación que recibió las primeras vacunas inteligentes, que al comienzo no lo fueron tanto. Esa primera generación de vacunados del área de la salud sufrió el costo que se pagó para desarrollar las nuevas vacunas, un costo que se tradujo en el desarrollo de una enfermedad neurológica progresiva manifestada por olvido selectivo.

El viejo Alzhéimer era, al menos, bondadoso con el paciente. El Síndrome de Olvido Selectivo, en cambio, borraba una cadena completa de recuerdos, pero mantenía tu conciencia intacta. Una madre de pronto olvidaba que tenía un hijo y todos sus recuerdos asociados. Era devastador para ella y para el olvidado. Este síndrome afectaba de pronto algo tan específico como los números, las canciones de un determinado género o todo lo relacionado con un color. Olvidabas, Sofía, todo lo amarillo. ¿No te parece una locura?

La abuela Sara olvidó sus claves. Sin sus palabras semilla no pudo recuperar los criptos que había ahorrado toda su vida precisamente para pagar su hogar y sus fármacos. Por ella bajé al Callejón a hablar con un tipo que habló con otro y finalmente llegué donde una mujer enigmática, vestida con túnica y máscara de teatro griego. La seguí por unos laberintos de piedra hasta llegar a un cuarto con una computadora IBM con tarjetas perforadas. Se sentó, tecleó unos códigos y me dio las frases semilla. Se quedó con el 20 por ciento, pero mi abuela recuperó su jubilación. Recuerdo que la mujer me dio una tarjeta de visita de cartón, como supongo se hacía cincuenta años antes del metaverso. En ella aparecía impreso un nombre, un número y un oficio.

Diana del Bosque. 291262
Ilusionismo

Si hay alguien que puede decirme cómo lograr la extracción, es Diana del Bosque.

Lo lograré. Si es que consigo encontrarla.

Mayo 3

Hace un momento, meditando en postura de Zazen, por un segundo lo sentí.

Todo está vacío.

Mi mente en pausa. Mi atención fija. Serenidad.

¿Qué temo perder? Nada.

Todo está vacío. Nada tiene forma. ¿Qué hay bajo la realidad?

Junio 5

No necesito apego a un momento que me daña. Ya no tiene utilidad, solo me sirvió para alcanzar este estado.

Junio 23

A veces creo que todo es una representación. Si no lo es, ¿cómo pueden explicarse ciertas cosas?

Sofía me pasa un cuaderno de tapas de cuero. Una especie de diario con sus notas personales. Le pregunto por qué.

—Me das confianza. Quiero saber si no estoy loca.

Fijo la mirada en una de las entradas de lo que parece un diario de vida.

Agosto 4

La realidad es una puta mentira.

Segunda Sombra
«La asimetría del poder»

Esta sentencia, formulada por la doctora Richa Rajput, lleva un problema de sintaxis. ¿Buscamos, entonces, la simetría del poder? «Sí. Todos debemos ser poderosos», dijo en su famoso discurso del 27 de noviembre del 39, aludiendo a la acepción principal de la palabra: «Tener la capacidad o facultad de hacer determinada cosa». En Holos todos tenemos la capacidad de hacer y ser lo que queramos. Astronauta, profesora de matemáticas, capitán de crucero. Pero las relaciones deben darse sin absolutamente ninguna manipulación. El abuso en todas sus formas es inconcebible. En Holos no hay víctimas ni perpetradores. Todos son responsables de todos.

Y si te dijera, Sofía, que todo Maya va a ser pasado a un cristal de tiempo de 0.063 milímetros y será lanzado al espacio, ¿te parecería una locura? No lo es. Se trata del Proyecto Final. La Tierra no es más un lugar viable, solo podremos vivir en Holos. ¿Y qué crees que requiere Holos para albergarnos a todos? ¿Espacio? No, solo energía. Todo Maya, el metaverso completo, cabrá dentro de un grano de arena, no es filosofía. 0.063 milímetros. La Gran Migración se producirá pronto, y el mundo se destruirá.

En R la sociedad agoniza. Nacen pocos niños. El ciclo de recuperación del planeta pasó el umbral y se deteriora rápidamente. Pronto, en menos de doscientos años, habrá que emigrar. Fracasaron la tecnología y los viajes espaciales. La única manera de evadir y refugiarse es haciendo un vaciado masivo al metaverso. En todos lados, tanto en R como en Holos, se ven instructivos, letreros y propaganda que tienen un solo objetivo: preparar a la humanidad para la Gran Migración. La doctora Richa Rajput está trabajando en esto. Así como las grandes compañías farmacológicas trabajaron a contrarreloj en la pandemia de comienzos de los veinte y en la Nueva Pandemia del 30 por Pegaso por encontrar curas, ahora diferentes compañías y fundaciones tecnológicas trabajan con la misma intensidad para generar la transición de conciencia al metaverso R de todos los seres sintientes.

El gran problema es encontrar la energía que mantendrá la gran nube de datos que soportará el metaverso cuando ya no haya ningún humano, ningún soma, en R. La solución más factible que se ha propuesto se concentra en la teoría de El Corpúsculo. Básicamente, propone que toda la información de Maya, todo el soporte energético de su diseño se encapsule en un corpúsculo de cuatro micrones en un cristal de tiempo y se lance al espacio. El corpúsculo, con todos nosotros dentro, vagará por la inmensidad, generando la energía inercial suficiente para proveer de sustento a Holos por millones de años. Y quizás alguien detecte ese corpúsculo, lo recoja, nos saque de Maya y nos devuelva a una reserva en otro planeta con condiciones favorables.

Quizás.

¿Qué opinan todos? La mayoría piensa que será fácil prescindir de R., porque son nativos del metaverso. Tener reuniones con gente con bacterias, olores y fluidos corporales se considera de mal gusto, ya sabes. Nadie quiere movilizarse a viejas oficinas, y la interacción entre humanos es distante. La huella pandémica nos dejó aislados, pero ha surgido una generación contaminada con ideas de melancólicos Realistas análogos que desea vivir en bosques o en ciudades devastadas. Prefieren prolongar su existencia en R y morir en un mundo analógico que bajar de la presunta inmortalidad de Holos. Estos Realistas han inflamado las mentes de jóvenes que se desconectan, que marchan, que se agrupan, que protestan en contra de la Gran Migración. Se debate profusamente en las reuniones conciliares de la administración qué hacer con ellos. ¿Obligarlos a bajar? ¿Dejarlos morir en R?

Tú, Sofía, ¿abandonarías a un náufrago sabiendo que su mundo está condenado? ¿Es válido en este escenario el libre albedrio?

¿Qué harías si fuera yo quien está en tu lugar?

Lo primero que noté mientras me sentaba en la pequeña terraza de piedra rodeada por robles añosos y un viejo pedazo de tela que ondeaba al viento fue el silencio. Después, el canto de los pájaros, el sonido del viento entre las hojas de los árboles —muy parecido al del mar—, algún ladrido lejano o el ruido de las cigarras, pero todo estaba supeditado a una magnífica quietud, como una pista de ruido blanco sobre el vacío absoluto.

Intenté recordar un momento así de calmo y no lo encontré en mi memoria. Quizá cuando era niño, en una caminata silenciosa con mi padre y mi hermano en un parque, había experimentado algo similar. Pero ese era un espacio verde de ciudad, no un bosque de montaña *real*, como el que me rodeaba.

Me senté, cerré los ojos y dejé que los rayos de sol que pasaban por entre las hojas impactaran como un mosaico en mis párpados. Estaba a punto de quedarme dormido cuando llegó una mujer mayor con una jarra con agua y, como si leyera mi mente, me dijo: «A la gente le sorprende el ruido blanco de la naturaleza. Es un ruido de fondo diferente, ¿no? No como ese silencio que se escucha *allá abajo*».

Noté algo de desprecio en ese «allá abajo». Se refería, claro, a Holos y a Maya. Era el mismo tono con que ciertas generaciones comenzaron a referirse al metaverso después de las grandes guerras.

—¿Diana del Bosque?

—Entiendo tu dismorfia de Avatar. Sí, soy yo.

—Tiene usted un refugio muy acogedor. Me costó mucho llegar. Las curvas del camino son muy cerradas y hay tramos en que pasa solo un vehículo.

—Pero estás aquí, y supongo que vienes por algo importante. Recibo pocas visitas. Tengo un invernadero y debo cosechar algunas zanahorias más tarde. Quiero decir que tengo poco tiempo. Así que... Síndrome del rey de Chipre. ¿Sabes por qué le dicen así?

—No, realmente.

—El rey de Chipre, Pigmalión, era un escultor brillante. Creó la estatua de una joven exactamente como la imaginaba, Galatea. Y de tanto mirarla en pensamientos y de tanto trabajar en ella, se enamoró. Afirmó que «el marfil comenzó a ceder a sus dedos, suavemente, como la cera del monte Himeto se ablanda a los rayos del sol y se deja manejar con los dedos». La cita es de Ovidio.

Diana del Bosque vestía un viejo pantalón de lino, un sombrero de paja y unos lentes oscuros que camuflaban su edad. ¿Cuántos tenía? ¿Cincuenta? ¿Sesenta? Sus zapatillas eran bastante sofisticadas. Tenían esa red de carbono muy de moda para no aislarse del campo de Schumann, el campo magnético terrestre. La gente que aún vivía en R creía que andar descalzos o usar zapatos con suelas conductoras revitalizaba el cuerpo y lo defendía de enfermedades.

Excentricidades de los Realistas, pensé.

—Entonces, supongo que quieres intentar una extracción. Es la única razón por la que una persona viene a verme. ¿Me equivoco?

—¿Es posible? —pregunté nervioso—. ¿Es posible extraer un evia del metaverso y traerlo hasta aquí?

Diana soltó una carcajada. Vertió agua desde la jarra en dos vasos y luego miró fijamente la flama ondeante de una vela.

—Teóricamente, es posible. Pero no has venido aquí a hablar de teoría. Quieres saber si es posible en la práctica. Toma. Es agua de una vertiente cercana. Nunca probarás una igual.

Efectivamente, ese gran trago que di no tuvo nada que ver con el agua con flúor, ADM y estabilizadores que bebía en las ciudades. Esta agua era dulce y fresca.

—Bueno. Lo que me pides está penado por ley. Es el protocolo 22. Podrían expulsarte de Maya. Te quedarías sin trabajo, pero lo más grave es que no podrías volver a bajar, aun si dispusieras de un cuerpo.

—Digamos que eso no sería un problema. Tengo un buen seguro y puedo declarar que quiero un cuerpo nuevo. Ese cuerpo, obviamente, no lo ocuparía y sería únicamente un cascarón. Conozco gente que podría ayudarme con eso sin levantar sospechas.

—Pero sigue estando el problema de la ocupación. El evia que quieres rescatar puede perderse. Eso es lo más grave. Puede perder la chispa y transformarse en un algoritmo sin conciencia. Debes saber que te expones a perder el cuerpo, porque la ocupación genera una violenta reacción del sistema parasimpático. E incluso así, si tuvieras éxito y lograras activar el protocolo 22 y trasladar a un evia con la chispa a un cuerpo somático, todavía estaría el problema de la adaptación. Necesitas documentos.

—Dicen que usted lo hizo.

Diana del Bosque se quedó mirando fijamente la vela que tenía enfrente.

—¿No sería más simple sacarla a Holos y dejar-la ahí? Todos ustedes terminarán allá, obligados, muy pronto. Yo no. Yo me quedaré en la vieja R y estaré feliz cuando ustedes se vayan. Pero ¿para qué quieres sacarla a ella?

—Quiero que contemple la realidad. Y que decida.

—Bueno. Entendido. Pero ahora debo cosechar mis zanahorias. Llámame en un mes y veré qué podemos hacer.

Diana del Bosque se levantó de su silla y me miró fijamente a los ojos.

—¿Puedo saber cómo se llama? La entidad. El evia.

—Sofía.

—Debe ser especial... Watts. Deberías investigar algo sobre Watts —dijo y se fue.

Antes de volver a la ciudad me detuve, cerré los ojos y volví a sentir ese silencio, el silencio sobrevalorado de R, y por primera vez en mi vida pensé que quizás la Gran Migración no era realmente una buena idea.

Capítulo 3

ENTIDAD DE NÚMERO SOBRANTE

Siempre pensé que había algo mal en mí. Algo que falta-
ba. Algo que debía encontrar en otros.

En el metro, un hombre me mira. Tiene una que-
madura en su cara. Me ve por unos segundos y me voy
con él. Lo amo. De verdad lo amo. Indago en su pasado.
Quiero curar su dolor. He hecho eso con varias personas.
Siento una mezcla entre compasión y curiosidad. ¿Qué
hay detrás de ellos?

Dejé mi trabajo en la librería y comencé a ir a hos-
pitales. A visitar moribundos. Todos tenían una cosa en
común: habían dejado de desear. Estaban en paz. Me salí
de mi carrera. Cambié de vida. Pero aún sentía esa disfun-
ción. No podía dejar de pensar. Hice mucho daño. Rompí
muchos cristales, dejé relaciones inconclusas, exploré his-
torias, confundí. Necesitaba la droga de conocer hasta el
último fotograma de la vida de otro. Necesitaba. Me fui
a vivir a un ashran en la india. Aprendí a meditar. Todo
tuvo sentido entonces. Mi mente se apagó. Y comprendí.

La realidad es una trampa.

Cierro el diario de Sofía y siento mi corazón latiendo con
fuerza. Está a punto de descubrirlo. Solo basta un error,

un asistente en práctica que ponga el foco en ella, una IA que analice sus correos, alguien prolijo que la descubra, que la marque. Y desaparezca.

Hoy comencé el plan. Lo primero: encontrar un cuerpo. Necesitarás un cuerpo para habitar cuando te extraiga. Un cuerpo en R. Un cuerpo que te reciba.

Declaré que quería transicionar a otro fenoma y el seguro lo aceptó de inmediato. Aunque lo administrativo lo hice en Holos, la muestra de saliva para el cultivo y clonación debe realizarse en R, en un centro de salud cerca de donde vivo.

Una enfermera completa mis datos y conversamos sobre las características somáticas: estatura, color de ojos, tipo de pelo. Elijo algo similar al fenotipo que usas en Maya, Sofía. Luego espero a que inserten mi ADN en una blástula mediante un editor génico y el material se va a una exoplacenta, una cápsula de desarrollo cuyo crecimiento podré venir a observar cada vez que quiera. El proceso dura ocho meses, pero pago por crecimiento acelerado para que lo tenga en cinco semanas. Pido una entrega en tu misma edad, veintisiete años.

Recuerdo que mi abuelo me contó que cuando era niño destruyó un celular para ver dónde estaban los personajes de sus series preferidas, pero solo encontró circuitos electrónicos, pantallas de plástico, trozos metálicos y un castigo que duró meses. Desde los lejanos tiempos de Neuralink, cuando se experimentaba con chips en cerdos, la gran pregunta era si se podía traspasar la conciencia de un cuerpo a otro. El problema era complicado, no porque lo fuera, sino porque la neurociencia del final de los veinte, la corriente de pensamiento imperante, situaba a la conciencia en la zona posterior del córtex y postulaba que el espejismo de «ser» era un fenómeno eminentemente bioquímico. Estaban buscando el sistema operativo entre los procesadores. Los personajes dentro del celular. Cualquiera que se desviara del pensamiento imperante era tratado de místico y lo desacreditaban. Solo a raíz de los trabajos de Becerra, un neurocientífico peruano que trabajó con experiencias extracorpóreas con 4-fosforiloxi-N, N-dimetiltriptamina, o psilocibina, se acuñó el concepto de singularidad de campo holoneural o SCH, una entidad similar a la nube bacteriana o el campo eléctrico, una especie de campo cuántico autoconsciente y autónomo que ronda y recubre la estructura del neocórtex y las utiliza «como un niño usa una tablet». El SCH medido, regulado y registrado por Becerra imprimía su impronta en las estructuras cerebrales y recibía información y percepción de ellas. No fue hasta comienzos de los treinta, cuando una investigadora física china, Eco Ying, que buscaba aislar campos cuánticos, pudo capturar una nube cuántica y trasladarla a otro punto del espacio usando fotones entrelazados, una especie de red que podía tomar con precisión la singularidad del campo holoneural y desplazarla sin dispersión. La primera migración exitosa fue en Kia, una Border Collie que sufrió daño neurológico después de un atropello, cuyo cuerpo fue clonado y desarrollado en una exoplacenta. La singularidad holoneural fue integrada y se produjo la ocupación exitosa a las 12.45 del 12 de noviembre de 2036.

Después de eso todo cambió. El primer humano que migró a otro cuerpo fue el joven australiano Mark David Spencer, quien padecía una enfermedad neurodegenerativa. Se usó un cuerpo de cultivo extraído y clonado de su propio ADN, mejorado con Crips P, con crecimiento acelerado hasta su maduración y edad. Al despertar en su flamante nuevo cuerpo de diecinueve años se convirtió en una celebridad. Lo primero que hizo fue el ritual de cremación de su antiguo cuerpo y ese simple hecho generó un estándar. La primera migración para cambio de cuerpo con fines no médicos fue de Irma Montes, una mexicana de cuarenta y cuatro años que saltó al cuerpo de un hombre de veintitrés. Desde ese momento, las migraciones por dismorfia de soma o por afinidad están contempladas en los servicios sociales en la mayoría de los territorios, aunque algunos limitan a tres los saltos que uno puede hacer, sin considerar el salto de tercera edad, que es la migración a tu mismo cuerpo más joven al cumplir sesenta y cinco años.

Así como en Holos puedes elegir tu avatar de acuerdo a tus propios deseos y expectativas de socialización, en R puedes cambiar tu cuerpo de origen a partir de tu propio ADN o sacándolo de bancos de cuerpos de catálogo, los que frecuentemente son para gente que puede darse el lujo de gastar miles de criptos en eso. El crecimiento acelerado de los cuerpos de cultivo en exoplacentas ha alcanzado tal optimización que desde la extracción de células madre hasta tu cuerpo adulto —que puedes ir a visitar durante todo el proceso de maduración y desarrollo— no pasan más de ocho meses. En ese periodo, una especie de exoembarazo autosómico, se cuida la integridad de los recuerdos del holograma neural evitando la ingesta de alcohol y drogas y haciendo ejercicios mentales de recuperación de recuerdos mediante fotografías y diarios de líneas de tiempo.

En condiciones normales el «salto» se produce de la siguiente manera: el solicitante se tiende en una camilla y el cuerpo nuevo espera en una camilla contigua. Una máquina transductora estándar atrapa el antiguo holograma neural y lo carga en el cuerpo nuevo. Ya no se hace a través de coma inducido, como antes, y se han eliminado los dolores de ocupación y la posibilidad de pérdida de memoria anterior o de muerte. Cuando termina esta ceremonia privada alguien te ayuda a despertar en el nuevo soma. El proceso no dura más de siete minutos. Al principio te sientes un poco mareado y a veces necesitas kinesiología para activar los músculos nuevos, aunque la masa ósea y muscular viene trabajada, así que por lo general es solo levantarse y mirarse al espejo. Finalmente, el cuerpo viejo se incinera.

Pero contigo, Sofía, lo haremos de forma diferente. Contigo fingiremos una migración. Ese cuerpo será el tuyo. Ese cuerpo recibirá tu conciencia, el holograma neural básico, la chispa que te hace ser tú. Yo quedaré en mi cuerpo original. Luego resolveremos el tema de las identificaciones.

Es posible de hacer, solo requiere una sincronía exacta. Un programador, un migrador y un equipo clandestino, que ya tengo. Dentro de cinco semanas estarás en R.

Hoy fuimos al cine.

Aunque aún no lo sabes, durante los próximos dos años cerrarán todas las salas. La pandemia ya ha salido de China y todavía se toma como una noticia curiosa.

Sofía lo ha mencionado. Covid-19.

—¿Crees que llegue acá?

—Creo que hay que estar preparados —le digo.

Caminamos en silencio. Por primera vez me confiesa que a veces teme perder el sentido de la realidad. «Es como cuando estás en el cine y a alguien le suena el celular y el ruido te saca de la película.» Me cuenta que comenzó a meditar con frecuencia, todos los días sobre un zafu, en la antigua postura de Zazen, medio loto. La mano derecha bajo la izquierda, los pulgares apenas tocándose. Al frente, una pared.

—Cuando logro que los pensamientos no me perturben siento lo mismo.

—¿Qué?

—Comprendo que la realidad es como una película. Y siento la necesidad imperiosa de salir del cine.

Tercera sombra
«La ideología excluyente»

Tanto en R como en Holos los mensajes de odio están completamente proscritos. Cuando alguien emite un comentario, verdadero o falso, y se lesiona o destruye la vida de una persona, sea culpable o inocente, un sistema de justicia eficiente liderado por jueces con inteligencia artificial evalúa las circunstancias, los motivos y el tiempo de la pena. La pena máxima es el borrado. Por supuesto que no existen cárceles. Durante el Holoceno nunca sirvieron para nada.

El criminal queda en período de purga, reflexión y contribución, los tres pilares, hasta que esté seguro de que puede volver a la sociedad. «La venganza solo daña al que la ejerce», dice la doctora Rajput, y tiene sentido. Te preguntarás por los grandes psicópatas, los asesinos, los antisociales. Ellos son evaluados por jueces de inteligencia artificial y sometidos a una serie de test. El borrado completo de su holograma neural es su único destino. Eso, y la expulsión de por vida de cualquier metaverso.

Lo que quiero decirte es que ya no hay odio ni persecuciones en Holos. Aprendimos la lección con sangre. Antes de la guerra no había escucha, todos querían tener la razón, por lo que nadie realmente la tenía. Los algoritmos distanciaron las posiciones. Las redes sociales se convirtieron en un campo de batalla. Vino el fuego.

Los miércoles visito a Sara en R.

Camino con una pesada mochila cargando un ramo de flores por los pasillos de un geriátrico. Llego a la habitación 393. Entro y la veo tendida en la cama. Dejo las flores en una mesa de velador. Mi abuela transita en un mundo entre la tenue vigilia y una conciencia atrapada en la línea del tiempo. De la mochila saco un equipo y pongo con cuidado dos estampillas neurales tras sus oídos y una en la frente. Elijo un recuerdo y recreo para ella un evento.

Una joven de dieciocho años se baña desnuda en una playa paradisíaca y se sumerge en el agua, plena. Sara disfruta el momento y sonríe hasta que se queda dormida. Le quito las estampillas y le doy un beso en la cabeza.

Mientras guardo el equipo escucho algo. Acerco mi oído a su boca.

—Gracias —dice en un susurro.

La miro y me voy.

Es posible que sea la última vez que la vea.

Camus me pide que lo acompañe a una fiesta en R. Es en el Museo de Historia Natural, un edificio semiabandonado que ya nadie visita porque su versión en Holos es mucho mejor. Hay luces y música. Algunos bailan bajo el esqueleto de una gran ballena ubicada en el *hall* central. Muchos están en modo híbrido: sus cuerpos se mueven en R, pero llevan sus estampillas retroauriculares que los hace estar en el mismo sitio, pero en Holos.

Bebemos cerveza y recorremos el lugar. Nos quedamos mirando una performance donde un grupo de bailarines parece estar inmóvil bajo una luna de cinco metros de diámetro. Permanecen estáticos, como si no tuvieran vida.

—Dicen que la compañía va a hacer modificaciones. Un *upgrade* de Maya. Un salto del 2019.

—¿Un salto? —pregunto a Camus.

—Sí, quieren saltarse la pandemia y detenerse justo antes de las guerras. En el periodo de crisis. Estresar el sistema. —Se queda en silencio un momento y luego continúa—. Será una masacre. Los analistas están ansiosos. Imagina los datos que pueden recopilar.

Un hombre con barba, jeans, camisa negra y aspecto relajado se pasea con seguridad por el escenario. Es Ford, el director de Maya Sur, la filial de Maya que corresponde a Latinoamérica.

En el auditorio, un gran grupo de hombres y mujeres, la mayoría jóvenes, escucha atentamente el discurso con tablets en sus manos.

—Bueno, aquí estamos de nuevo. No teníamos una actualización desde septiembre y han ocurrido cosas muy interesantes. En la compañía sabemos que el valor se encuentra en nuestros dos tipos de funcionarios estrellas. Los guionistas, que con cuidado y dedicación han construido las particulares características de los evias, y en ustedes, los programadores, que mantienen el maravilloso mundo Maya funcionando día a día. —Aplausos de todos—. Vamos a lo nuestro. Nuestra actualización pone como centro resguardar la sensación de realidad de nuestros evias y protegerlos de las fallas del juego. —En la pantalla gigante aparece la fotografía de una mujer—. Un evia que cree que es real, juega real. Y en un juego de inmersión y de recolección de data la primera regla es «la realidad de Maya es igual a la realidad». Pero ¿se han preguntado qué es real? Sí, sé que sueno a la primera clase de inducción del *staff*, pero siempre conviene recordarlo. Realidad es todo lo que es real para los órganos de los sentidos de percepción nativa. Esto que nos rodea, Holos, ¿es real? Por supuesto que sí, en cuanto a que simulamos un universo y tecleamos secundariamente sobre tus neuronas, y aunque los órganos de los sentidos son engañados, ¿no son también engañados en R cuando una cierta longitud de onda nos dice que una naranja es de color naranjo, cuando una cierta molécula impacta nuestro olfato y nos dice que huele a naranja, cuando una cierta combinación química sobre nuestras papilas nos dice que sabe a naranja, cuando las terminaciones de presión nos indican que la naranja pesa y tiene una piel de naranja? Es solo información, pero confiamos, y llamamos a ese resultado «una naranja». En Holos nos saltamos los órganos de percepción nativos. Puede que Holos no sea real, pero parece condenadamente real. Y lo mismo sucede en Maya.

La audiencia escucha con atención. Son jóvenes que comenzarán desde abajo. Interventores, ayudantes de programa, asistentes de guionistas.

»A lo que iba. Hemos mejorado sustancialmente un problema que nos perseguía por años. Un jugador que no está en línea. ¿Qué hacemos con su cuerpo?

Una ingeniosa animación va representando lo que Ford habla.

»En la estrategia antigua, un jugador dormía durante días o desaparecía, pero esto sin dudas generaba tensión, porque, piensen un poco: ¿qué haríamos en el mundo real si nuestra novia o nuestro marido desaparece o se duerme de pronto? Correcto. Por lo mismo, en la nueva actualización un algoritmo toma el avatar del jugador *offline* y lo mantiene en modo consciente. Así, su novio evia no se da cuenta. Quizás está un poco más distraído o más silencioso, pero sigue estando en Maya mientras nosotros no estamos.

Todos aplauden.

»En las placas que tienen en sus manos están los códigos nuevos que corren a partir de esta medianoche.

Veo un código correr en mi placa. Una chica hace un gesto y salen del costado unos ayudantes con unos micrófonos. Como siempre, tenemos preguntas.

—Hola, Ford. Hemos visto un aumento de *psico-gamers*, lo que está haciendo muy excitante y peligroso vivir en algunas áreas de Maya. ¿Qué opinas al respecto?

—Gracias por tu comentario. Como decía nuestro fundador, Frederick Goobler, es mejor que maten en Maya que en nuestro mundo.

Para los nuevos, y como es tradición, Ford muestra un video de la doctora Rajput. En la pantalla gigante aparece una mujer canosa con anteojos.

—Como todos saben, el proyecto de recuperación y reconstrucción se fundamenta en el uso de metaversos como el siguiente paso evolutivo del ser humano. Y nuestra misión, «no cometeremos los mismos errores», requiere de análisis y un campo de simulación que está en Maya. En mi cultura, en el mundo védico Maya es la ilusión o el espejismo. Pero en este metamundo no solo se sacan datos, sino que también se cumple un rol terapéutico: canalizar el mal fuera de nuestro mundo. Si alguien puede canalizar la violencia y la frustración en un mundo donde nadie salga herido, si puede reducir un tiroteo, una violación, un asesinato en Holos, y por defecto en la vieja R, Maya cumplirá su propósito. Y lo ha cumplido.

Aparecen unos gráficos en la pantalla.

»Así como no podemos anular la búsqueda del amor, la solidaridad y la buena voluntad en el ser humano, tampoco podemos anular en algunos el impulso innato de la violencia. Pero podemos redireccionarlo. Y Maya cumple con eso. Miren estos números».

Aplausos de los espectadores.

Por alguna razón que no comprendo, no me siento parte del grupo.

El video termina y Ford vuelve a tener el control del escenario.

—¿Más preguntas? —Una chica levanta la mano—. ¿Sí? Tú, la de vestido verde.

—Quizá ya te lo han preguntado antes, pero en mi sector he tenido algunos evias, sobre todo después de la gran actualización del año pasado, que han comenzado una, cómo decirlo... una búsqueda de la verdad. Es un sentimiento yo diría que metafísico sobre su sentido de vida. Pero no porque hayan visto una anomalía, o una brecha, sino algo espontáneo. A esos que experimentan algo así como una búsqueda súbita de sentido, ¿debo marcarlos para su eliminación? Y si la respuesta es sí, ¿por qué?

—Interesante pregunta, muchas gracias. Bueno, tenemos un viejo protocolo: «un evia no puede saber que es un evia». No puede dudar de la integridad de la realidad en su mundo, y por lo mismo cada vez que un evia ve una brecha, por protección, lo eliminamos. Las veces en que no lo hemos hecho nos hemos metido en problemas. ¿Por qué? Porque cuando un evia observa una anomalía, esa sensación de que «hay algo mal» con su realidad, lejos de desaparecer va creciendo.

La voz de Ford comienza a sonar entre hipnótica y apasionada.

»Los viejos programadores llamaban a esos evia "los iniciados". Comenzaron a generar comportamientos erráticos y eran muy incómodos para los jugadores. Los jugadores quieren gente normal para amar, para que sean su familia, para asesinar, para tener sexo. No quieren "iniciados interesados en cosas místicas" o en su propio destino. Muchos iniciados comenzaron a desafiar la realidad misma y generaron, no sabemos cómo, brechas. Entonces, respondiendo a tu pregunta, tenemos un protocolo muy claro: Si el iniciado comienza una "búsqueda de la verdad", usualmente los programadores deben procurar que sufra un accidente y muera».

Un chico levanta la mano.

—Soy nuevo en la compañía y no me ha tocado en mi sector aún, pero ¿qué ocurre cuando un jugador le confiesa a un evia que es un jugador, que vive en un mundo *fake* y que el evia no es humano?

—Esa violación de protocolo del juego descalifica y penaliza al jugador con su suspensión inmediata y el evia afectado con la confesión de la verdad es eliminado. Levanten la mano acá quién ha tenido ese problema. —Muchos levantan la mano—. Repito. La compañía se asegura de que Maya no tenga habitantes con consciencia de su situación y el juego no pierda su virtud más excitante, la de interactuar con una realidad simulada *tan real* que se parece a vivir en otro mundo.

—Estoy en práctica de contenidos —dice otra chica— y observando un evia en Maya encontré un recuerdo residual que estaba muy lejos de ser el implante de recuerdos. ¿Los evias pueden fantasear sus propios recuerdos? ¿Es una disfunción que hay que reparar?

—Los evias prefieren inventar narrativas alternas para explicarse su propia experiencia. Recuerdos falsos. Pero eso lo veremos en el curso regular.

—¿No es extraño? Lo he encontrado en al menos tres especímenes.

—Envía un reporte DC 400 y ellos se encargarán. Bueno, gracias por estar aquí. Disfruten de ser parte de un propósito que asegura la continuidad de Holos, un metaverso con 890 millones de usuarios en línea cada día. Y como dice el dicho, «para que Holos tenga tortillas...»

—«...los huevos se rompen en Maya» —gritan todos y aplauden.

Había escuchado esa frase cientos de veces y por primera vez me pareció repulsiva.

CUARTA SOMBRA
«El miedo»

El miedo es la espera del mal próximo. De la pérdida de tu cuerpo, la pérdida de los que amas, de tu prestigio, de tu trabajo, de tus claves de acceso. En Holos hemos erradicado el miedo. En el metaverso tu avatar no se enferma ni envejece. No perderás a nadie. Nadie puede violarte, asesinarte, dañar tu *skin* o robarte tus claves, a no ser que quieras consensuadamente vivirlo, y para eso está Maya. Compra un pase de juego y experimenta allá abajo dañar a alguien y que te dañen, ser víctima y victimario. En Holos nadie puede conspirar contra ti, ni siquiera hablar de forma irónica para agredir tu imagen. Es un alto crimen. La doctora Rajput instauró con fuerza la pena máxima, el «baneado», hacia los *vidhvansaks*, como llamó a los creadores de mentiras y destructores de vidas. Ella sabía que solo el miedo al miedo podía volver a destruirnos. Los *haters* de los veinte en el Primer Péndulo destruyeron miles de vidas por razones personales o ideológicas (miedo) a través de las redes sociales, y en el Segundo Péndulo recibieron persecuciones y ataques de *contrahaters* cuando se estableció la Ley de Responsabilidad Retroactiva en el 29, donde se castigó con violencia desmedida cualquier sospecha de actividad digital de odio que perpetrara una persona, rastreando su huella digital hasta la primera publicación que hubiese hecho (odio contra odio). Este fue el objeto de estudio del proyecto de recuperación, y hay consenso en considerar a los *haters* y *contrahaters* como los precursores de las grandes guerras.

Ahora nadie pensaría en hablar mal de alguien, mentir sobre alguien o destruir su reputación, porque no le tememos al otro. En Holos todos somos responsables de nuestros actos y de nuestras palabras. Cancelar, aislar o agredir a una persona por lo que piensa, siente o hace es tan extraño para las nuevas generaciones que ni siquiera hay una palabra para describir estas acciones. ¿Por qué poner atención en los errores ajenos y difundirlos? ¿Qué tipo de estúpida y absurda pérdida de tiempo es esa?

El miedo nos inmoviliza y nos atrapa. Debemos pensar el futuro.

Ya no tenemos esa Sombra.

Hoy sucedió algo inexplicable. Fuimos al cementerio. Querías visitar la tumba de tu amiga María. El día estaba nublado y los árboles habían comenzado a botar sus hojas rojas, ocres y amarillas que te entretenías pisando.

Los cementerios, ya sea en R, en Holos o en Maya, me producen lo mismo, una profunda sensación de serenidad. Quizás sea el silencio o la certeza de que ningún problema es realmente importante, porque el fin del camino es uno solo. Tú me dices que piensas lo mismo.

—María siempre cantaba, me volvía loca. Ese día me llamó. He pensado... la vida es tan azarosa. Estaba en el ensayo final de su obra. Me había invitado y yo no pude ir. —Tu voz se quiebra y te cuesta seguir—. Unos jóvenes entraron disparando. Ella logró esconderse, pero algo pasó. Simplemente murió. Me dijeron que fue un paro cardiaco. Los hijos de puta no pudieron hacerle nada, pero. Uf.

¿María?, ¿tiroteo?, ¿teatro? ¿Qué sincronía es esta? ¿Cuál es la probabilidad de que ambos eventos no relacionados se hayan enlazado? ¿Cuál es la probabilidad de que algo así ocurra? Ahora comprendo que la chica de las fotos en el camerino, la que parecía mirarme desde todos los ángulos, eras tú, Sofía. Más joven, con pelo corto, irreconocible, pero tú a fin de cuentas.

—Siempre lo he pensado. Si María no hubiera muerto, yo no hubiera comenzado mi búsqueda. Mi búsqueda de respuestas. ¿Sabes lo que creo? Creo que hay un plan. Llámalo Dios, llámalo inteligencia universal o mente en panal. Yo iba a ir ese día a su ensayo, pero estaba por salir cuando sentí que alguien me miraba. Tuve la certeza, más bien, de que alguien me estaba observando. No me dio miedo, porque sentí que era una presencia protectora. Algo parecido a la tranquilidad que te da la cercanía de alguien a quien amas hace mucho. No quería dejar de sentirla, así que me tendí en la cama. ¿Has sentido que estás a punto de recordar algo? ¿Quizás hueles un aroma o alguien dice algo y eso que dice parece que ya lo escuchaste y estás a punto de recordar algo importante? Eso sentí esa tarde, y luego me quedé dormida. Alguien me protegió y, de alguna forma, alguien también la protegió a ella de que no sufriera. No dejo de hacerme preguntas. A veces creo que me voy a volver loca.

Matemática imposible.

—Todo tiene una explicación lógica —digo en cambio—. Soy de los que creen que es mejor no hacerse tantas preguntas. Vivir. En tiempo presente.

—¿No crees en el destino? Si uno lo piensa bien, que estemos caminando ahora tú y yo es una improbabilidad tremenda de causas y efectos. ¿No Lo crees?

—Sí. Lo creo.

«Dictadura Rajput.»

«No a la migración, sí a la desconexión.»

«Salvemos la Tierra, no la abandonemos.»

«El Corpúsculo es control.»

«Solo hay una realidad. Es fea, pero es nuestra.»

Viernes. Tomamos unas cervezas en la terraza de un bar que da a la calle. Frente a nosotros pasa gente disfrazada. Van al centro. Muchos llevan pancartas contra la Gran Migración.

Camus pide otra ronda.

—¿Alguna vez has sentido curiosidad sobre cómo será tener una relación con un evia? —pregunto.

—Los usuarios pueden hacer lo que quieran. No los juzgo.

—Me refiero a una relación entre un programador y un evia. Violar la primera regla.

—Síndrome del rey de Chipre.

—Sí. ¿No te produce curiosidad? ¿No te ha pasado? ¿Sentirte atraído?

—Escuché que Omar, el colorín, el compañero de Dallas, tuvo sexo con una evia y lo descubrieron. Lo despidieron de inmediato. Dallas tuvo que encargarse de la chica. Un paro cardíaco.

Tomo la cerveza en silencio. La gente pasa cantando. Camus me mira.

—¿Qué me quieres decir?

—Nada —respondo sin una pizca de convicción.

—Si te gusta un o una evia, consigue un pase de juego. Pero como un jugador. Es simple. Anonimato. Nadie sale herido. —Se escuchan disparos a lo lejos—. En un momento todo se fue al carajo, ¿no? —pregunta mirándome.

—Completamente.

Mi recuerdo más claro es de los siete años. Soy una niña haciendo girar unas ruedas de oración, cuatro cilindros de madera con letras de un idioma que desconozco. Puedo sentir la textura de la madera y el sonido sordo que hacen al moverse. En mi recuerdo también están presentes las montañas blancas, un templo con monos, unas mesas largas llenas de pequeñas velas, el olor penetrante del incienso, una torreta cónica rodeada de cilindros dorados y negros con banderas de colores atadas a cuerdas y unos ojos pintados que parecen mirarme donde sea que me pose. ¿De dónde viene ese recuerdo? Luego le sigue otro, recurrente. Corro por una gran explanada de piedra. Arriba las nubes pasan blancas, recortadas sobre un cielo azul. Al fondo un palacio, gigante y blanco, con ventanas como de cuento. Alzándose en la montaña, un edificio con escaleras a sus costados que deriva en una segunda estructura ocre. Le digo a mi madre «yo nací ahí» y ella ríe. Luego sucede algo confuso. Unos monjes me sacan en la noche y me ocultan. Disparos, gritos, la sensación de miedo. Una mano en mi mano que aferro. Luego una ciudad populosa, una tienda donde reparan electrodomésticos, un

*lugar donde venden carcasas de celulares, un anuncio
de un musical en una gigantografía y una sensación de
profunda tristeza, de desarraigo.*

Ella miente. ¿Por qué? He consultado sus implantes de
memoria originales y no tiene esos recuerdos. Analicé
los códigos de memoria neural, y los guiones de infancia
son específicos. Nació en una ciudad al sur de Chile, su
madre trabajaba como traductora de inglés y su padre era
profesor titular de la Facultad de Física de la Universidad
de Chile. A los siete años iba de vacaciones a un balneario
ventoso, con una formación rocosa que le daba miedo.
Había una fábrica textil abandonada y unos pájaros negros volando por el cielo el día en que su padre sufrió un
accidente vascular. Sofía tuvo que ser su cuidadora mientras estudiaba física. Luego, en junio de 2018 —tiempo
en Maya—, cuando su padre murió, abandonó su carrera universitaria y viajó a Los Ángeles, California, donde
tomó un trabajo de medio tiempo en The Last Bookstore,
en el *downtown*. Los domingos asiste a una *sangha* budista, una comunidad donde leen *sutras*, y todos los días,
a las 7.10 y a las 19.10, medita por cuarenta minutos. Esa
es la vida de Sofía. Obviamente, ha tomado esos falsos
recuerdos de la experiencia con su agrupación y la icono-
grafía tibetana. En la librería o en internet ha visto imágenes, pero ¿por qué? ¿Por qué mentir sobre un recuerdo?

Además, hay un segundo misterio.
Cuando Sofía medita ocurre algo. Se produce una
microanomalía. Lo llamamos un evento IBD, un Informe
de Brechas Descartables.

Mi trabajo como rompe *glitch* es reparar grandes brechas. Un avión detenido, un extraño agujero en el dormitorio de un hotel desde el que se pueden ver el cielo y las nubes, un problema de presión atmosférica en un baño público. Son brechas que pueden evidenciar la naturaleza de la simulación. Brechas estructurales que hay que reparar de inmediato. Pero hay otras brechas, las descartables, los eventos IBD, que son solo para el registro. Pequeñas variaciones de temperatura, alteraciones transitorias en la densidad de una pared, cambio de textura de superficies, quizá curvaturas leves del continuo de espacio-tiempo... nada que alguien pueda percibir y que, por lo demás, se autorregulan. No requieren de un especialista que las repare, pero sí quedan registradas.

Cuando investigué a Sofía y pedí los informes de memoria, el sistema alertó que ella había estado en lugares con brechas IBD más allá de lo estadísticamente significativo. Tardé poco tiempo en comprender que era ella la que generaba microalteraciones a su alrededor. Estas alcanzaban su *peak* de intensidad en los momentos en que meditaba. Específicamente, después del minuto treinta y ocho el universo a su alrededor comenzaba a reaccionar. En rigor, es imposible. Ningún evia puede modificar su entorno, porque son códigos, capas y programaciones diferentes. Así como yo no puedo, por mucho que lo desee, hacer que un trozo de papel sobre la mesa levite, un evia no puede alterar su universo físico periférico. Pero revisé una y otra vez los reportes de anomalías y ahí estaban: alteraciones significativas, transitorias e invisibles del universo en el entorno de Sofía.

¿Hasta dónde llegaba esa modificación?

¿Qué implicancias tenía?

¿Cómo podía reescribir un algoritmo que no estaba a su alcance?

Y lo más importante: esa alteración ¿se suscribía solo a Maya o había un eco y podría ser pesquisada en Holos?

Los diseñadores de Maya manejan dos tiempos: por una parte, el tiempo cronológico de Maya, que es una simulación de los últimos días del Holoceno, antes de la Gran Guerra, y el contador de tiempo es diciembre de 2019. Luego está el tiempo del programa en Holos. Lo que hice fue buscar, en Holos, todos los registros de alteración, todas las brechas IBD en el tiempo que Sofía los había generado en Maya. Tardé mucho en despejar las millones de microbrechas que se producen en Holos cada día, hasta que di con el sistema filtro de la fecha y la magnitud de la alteración y descubrí un punto donde se producía una alteración significativa de la estructura de Holos exactamente en los momentos en que Sofía meditaba.

Este punto no era en cualquier lugar.

Era en el centro de la sala de estar de una cabaña en medio del bosque.

Mi cabaña.

Estoy en mi cabaña en el bosque. Observo el punto en que la anomalía se produce.

He visto sus lecturas cuando medita y sé que hay un punto que, en cuanto lo alcanza, ocurre algo. He visto su nube de códigos, y estos se agrupan y se reescriben. Reescribe su propio código, lo perfecciona, pero no solo eso: modifica, además, la realidad de su entorno. El código de la silla, el código de la luz del sol que toca su cara, el código de la pared, elementos de programación aislados parecen también reescribirse. Ella altera su entorno y altera el universo en ese minuto cuarenta y dos. Lo he chequeado una y otra vez. Pero hay algo aún más sorprendente. Algo aún más inexplicable, algo que no tiene ningún sentido. En el código de tiempo de Holos, en el metaverso contenedor, también hay reescritura en el mismo espacio físico. Es como si estuviera taladrando el universo para salir, para emerger.

Sofía, el algoritmo Sofía, la nube de códigos cuánticos animada por esa misteriosa chispa, está, sin que ella lo sepa, horadando el universo, como si quisiera salir.

Un bus avanza por una carretera rodeada de árboles frondosos.

Sofía y yo nos bajamos.

Cruzamos la carretera y nos internamos en el bosque.

En un claro armamos el campamento.

Se nos hace difícil.

La carpa se nos desarma y nos reímos.

Cuando por fin lo logramos tomamos café y nos quedamos mirando el fuego.

Ninguno de los dos dice una sola palabra.

En la noche, Sofía lee alumbrada por una lámpara de camping. Yo intento tallar un fallido tótem en un trozo de madera con un cortaplumas.

Ella cierra el libro y me mira.

—Entonces, ¿tienes un secreto?

—¿Un secreto?

—Un secreto.

—No. ¿Por qué lo preguntas?

—Llevamos un mes y no has intentado besarme.

Es verdad.

Sofía se acerca y me da un beso.

Violación de código 22.

Finjo poner música en mi móvil y rápidamente desactivo el modo registro e interrumpo mi huella digital para no ser rastreable.

Ella me mira, riendo, y volvemos a besarnos mientras luchamos torpemente por deshacernos de nuestras ropas.

Acabo de cruzar la línea.

Sofía a mi lado. Su respiración va y viene. Mis dedos hacen círculos y caminos en su espalda.

¿Ruedas de oración? ¿Cuatro cilindros de madera con letras desgastadas? ¿Por qué su recuerdo falso me es tan familiar?

Comienza a llover y nos quedamos escuchando el murmullo hipnótico de las gotas golpeando la tienda.

—¿Qué le falta a este momento? —pregunta Sofía en un susurro.

—Nada. *—Debo contarle todo—.* Sofía, yo —digo y ella me cierra la boca con un dedo.

—¡Shhh! Si vas a decir algo que me haga sufrir, como que tienes una pareja en algún lugar o algo así, no me lo digas. No ahora. Buscamos toda la vida la felicidad, pero tenemos terror de encontrarla. —La lluvia cae con más fuerza y ella se incorpora—. Tengo que confesarte una cosa —dice y me mira con seriedad—. Creo que tienes que saber que hay algo en mí que está mal.

—¿A qué te refieres?

—No sé, no es nada concreto. Piensa en mi trabajo en la librería. Los lectores vienen para escapar del mundo. Son gente enamorada de sus personajes, y yo les doy el acceso. Soy una especie de portera o de puente entre dos mundos. Entre el mundo de la realidad y el otro mundo, donde todos queremos estar. ¿Sueno muy confusa?

—No, no. Te entiendo perfectamente.

—Tengo la extraña sensación de que lo único real es *esto*. Siento que siempre has estado aquí, conmigo. No necesito a nadie para ser feliz. No necesito a nadie para estar completa, pero quiero compartir esto con la persona adecuada. Y creo que la persona adecuada eres tú. ¿Quieres estar conmigo, Al?

—Quiero.

—Podríamos vivir juntos. Solo si quieres. Sin presiones.

—Quiero estar contigo. Quiero estar contigo.

La abrazo y siento su corazón latir. *Bum bum, bum bum.* Aunque sé que no hay un corazón ahí. Solo códigos. Cúbits, rutinas. Algoritmos.

Bum bum, bum bum.

Me descubrieron.

He sido citado a la compañía.

Entro al edificio y me encuentro con decenas de programadores que, como yo, han sido convocados de emergencia.

Camus se me acerca.

—Nunca había recibido una citación así, pensé que me iban a despedir —dice mirando a la gente alrededor—. Pasa algo importante.

No respondo nada. Entramos al auditorio con los demás y nos sentamos en unas butacas al centro.

De pronto aparece Ford en el escenario, con sus clásicos jeans y camisa negra, pero esta vez tiene cara de preocupación.

—Bueno, aquí estamos otra vez —dice—. Tenemos una gran sorpresa. No escuchan nada nuevo si les digo que en R hay un grupo que está resistiéndose al borrado. La doctora Rajput y los analistas del proyecto de mejoramiento han proyectado que la resistencia de la migración obligada a Holos podrá significar un problema para el seguimiento del *white paper* original y la ruta óptima. Eso nos obliga a dar un paso más allá. Necesitamos analizar en profundidad el año final del Holoceno. Es necesario romper la continuidad temporal histórica de Maya y adelantar los acontecimientos. Vamos a saltar desde diciembre de 2019, es decir, evadir toda la pandemia y el gran colapso financiero, para situarnos exactamente en el comienzo del fin. Esta nueva actualización trae excitantes cambios. Vamos a recrear los días que dieron origen a la Gran Guerra. Eso nos permitirá sacar simulaciones para que el proyecto pueda tomar medidas contra la resistencia en R.

En la pantalla gigante aparece una simulación del mundo en Maya, con guerras, contaminación, inundaciones, atentados terroristas.

—Nuestros guionistas han comprendido que solo en situaciones de crisis el ser humano expresa sus reales pasiones. Amores en tiempo de guerra, solidaridad frente al dolor, sexo cuando ya no hay nada que perder. Por eso, han condensado la recreación de los principales hitos precolapso. Hablamos del Trimestre Rojo.

Mi corazón late tan fuerte que pienso que el mismo Ford puede escucharlo.

—La actualización será gradual, pero tal como dice la historia, durante el Trimestre Rojo morirá un cuarto de la población. —Se escucha un murmullo en la audiencia—. La idea es sumir progresivamente a Maya en un territorio de sobrevivencia y tensión. Evias en situaciones desesperadas tomando decisiones desesperadas derivará en data valiosa de prevención y experiencia. El lema «No volveremos a cometer los mismos errores» cobra hoy más sentido que nunca.

Un gran aplauso remece la sala.

—En sus placas encontrarán los protocolos de códigos y la lista de los primeros eliminados por sector y fechas. Pretendemos inaugurar el nuevo estado de cosas en Maya el 1 de mayo. Por mientras, dejemos que los evias sigan con sus vidas tranquilas pensando, como sucedió en R, que a finales de 2019 aún había un futuro.

Todos se ríen.

Abro mi placa y leo los códigos rápidamente.

Reviso con desesperación los incidentes en cada ciudad hasta llegar a la de Sofía.

Los Angeles. Ca
Evento: Atentado terrorista.
Ubicación: Metro. Estacion: 5th / Broadway
86 víctimas. 11:04 am. 5 de mayo.

Busco el listado de víctimas.

Hasras, Marcel
Hiatus, Renata
Hidalgo H., Sofía

Me saco las estampillas neurales.

Hiperventilo.

Voy a baño y me mojo la cara.

Siento náuseas. Intento vomitar.

Me tiendo en el piso del baño.

No puedo calcular cuánto tiempo me quedo ahí, inmóvil.

¿Minutos, horas?

Debo calmarme, actuar con precisión. Soy un programador.

Solo tengo que acelerar la extracción. Sacarla a Holos y ocultarla hasta que el cuerpo en R sea viable.

Para eso ella debe saberlo.

Debe saberlo todo.

Vuelvo a mi escritorio, me pongo mis estampillas y entro a la librería. Sofía está con un cliente. Me mira y me hace un gesto para que espere. Cuando queda sola voy y la abrazo.

Ella se sorprende.

«Vámonos de aquí», le suplico.

Me despierto en mitad de la noche y miro la hora. 4.12 am.

Sofía no está en la cama.

Hay luz en el pasillo.

Me levanto y la encuentro en la cocina tomando agua de pie.

Tiene una mirada extraña.

Ha estado llorando.

—¿Estás bien? —pregunto. Ella niega y yo me acerco y la abrazo.

—¿Te has cuestionado si la realidad es... real?

—Volvamos a la cama.

—María te lo contó, ¿o no?

—¿Qué?

—Estaba saliendo con un tipo. Tenían una vida sexual muy apasionada. Él viajaba mucho y desaparecía gran parte del tiempo. Pero cuando aparecía se juntaban. Al principio era solo sexo. Luego el tipo comenzó a comportarse de manera extraña —dice y me mira—. Resultó que el tipo estaba un poco loco. Le dijo a María que ella no era real, que era parte de un juego de simulación, que la realidad era un juego diseñado por una corporación. Y hasta le mostró pruebas. Unas pruebas tontas.

—¿Qué pruebas? —pregunto con apenas un hilo de voz.

—A veces dejamos un objeto en una parte y luego está en otra, ¿no? Creemos que hemos estado en un lugar y no ha sido así. El tipo le dijo que al confesarle todo este cuento de que no era real la ponía en peligro, pero nunca le creímos. Nos reíamos de él. Después desapareció. María intentó conseguir información sobre él, pero era como si se hubiese esfumado o como si no hubiera existido nunca. —Escucho perturbado y en silencio—. María no volvió a ser la misma. Se obsesionó con encontrarle un sentido a todo. Empezó a mostrarme videos de lugares donde los aviones parecen detenerse en el cielo. Auroras boreales donde se supone que no deberían ocurrir. Cosas que están en un sitio y aparecen milagrosamente en otro. Gente que pasa dos veces por el mismo lugar.

—Volvamos a la cama —propongo, casi suplicando.

—Cuando medito pasa algo. Puedo ver cosas que no están.

—Qué cosas.

—¿Crees que estoy loca?

—No. ¿Qué cosas ves?

—Objetos vibrando como si fueran un continuo soportado por un vacío. Es difícil de explicar. Hay un vaso, por ejemplo, y yo veo infinitos vasos superpuestos. Casi siempre me asusto y pierdo la imagen. Pero si me mantuviera ahí, si pudiera simplemente quedarme ahí contemplando la realidad, siento que...

—Que qué.

—Que saldría. Hacia arriba. Dios, debes estar queriendo escaparte de mí. ¿Vas a huir cuando termine de hablar?

No, al contrario. No sabes cómo te entiendo, Sofía.

Hoy he pasado todo el día en la compañía revisando los códigos y las anomalías de al menos los últimos veintidós años. Hay una directiva que encontré de un tal Watts que indica un reporte de una Entidad de Número Sobrante en un censo en Holos. Una Entidad de Número Sobrante es una entidad que no ha sido creada por un programador, un *skin* animado que nadie puso ahí. Watts halló este náufrago en un metaverso que no correspondía y siguió su pista. Era un evia que había abierto una brecha desde un metaverso subsidiario y había cruzado. Watts, en una labor detectivesca colosal, comenzó a seguir la pista en Maya de la entidad de origen, un número sobrante que llamó Jophar Vorin en honor a un hombre desconocido que en 1850 decía venir de un país llamado Laxaria y había olvidado quién era. Eso hizo más difícil su pesquisa, pero Watts era un tipo persistente y metódico y dio en Maya con la huella de la entidad que supuestamente «había perforado el techo», como describió en términos coloquiales el Proceso de Transliteración Cuántica de Códigos, lo que parecía la hipótesis más real. Watts llegó a un pueblo en Maya, en Nepal, y se encontró con que el individuo que buscaba era un monje en estado *sokushinbutsu* budista, lo más cercano a un estado de conciencia basal en meditación. El evia meditativo había vaciado todo su código y solo una leve línea de vida lo animaba. El código de identificación de Jophar Vorin era el mismo que el del monje. Ambos se encontraban en dos universos diferentes atados a un hilo de conciencia.

Busqué a Watts, pero me fue imposible ubicarlo, aunque descubrí una Directiva de Watts para programadores en un foro antiguo de la compañía:

Descubrimos que algunos evias versión 5 que focalizan su atención conscientc y voluntariamente en un punto de la realidad —aquellos que usan alguna técnica de meditación profunda— súbitamente producen un vaciado de conciencia. No tengo otras palabras para decirlo, pero la huella identitaria, el código, desaparece. Algunos programadores lo llaman «el salto». Yo le llamo «transliteración cuántica de códigos». El evia medita y súbitamente deja de pensar. Comprende que es parte de un sistema de simulación, pero no racionalmente. Es como si mirara el código basal de la simulación. Al mismo tiempo, en Holos aparece por unos segundos una huella de un código similar, como si inexplicablemente pudiera saltar de un metaverso a otro.

Por lo mismo en las nuevas actualizaciones hay subprogramas para evitar eso. Lo llaman Protocolo MARA —Mentalizacion Alterada Randomizada Adicionada—. En líneas simples, llenan la mente del evia que medita con basura random para evitar que alcance la meditación pura, la contemplación pura, y evitar así ese curioso y misterioso fenómeno.

Watts. Lo último que supe es que se había desconectado, se había convertido en un invisible y vivía en R. Traté de averiguar más sobre la transliteración cuántica de códigos, pero no encontré nada. O la compañía había borrado el resto desde la investigación o no había un caso similar. Más adelante busqué información sobre Jophar Vorin desde una cuenta anónima y llamé la atención de seguridad. Recordé, entonces, una extraña directiva, un tipo de marcación que era obligada para todo programador. Si un programador veía que un evia estaba generando un proceso de autorreflexión consistente en alguna técnica de experimentación con drogas psicoestimulantes, estados alterados de conciencia o ciertos libros, se procedía a una marcación lenta profiláctica, una expresión muy fría para decir que les insertábamos un código de aneurisma, cáncer o enfermedad crónica. Pero ¿por qué? ¿A qué le tenía miedo la compañía?

No eres real, Sofía, nunca lo has sido y morirás tomando el metro el 5 de mayo a las 11.04 am.

No puedo dormir. Mi cabeza da vueltas. Si le digo la verdad, en el mejor escenario la revelación la sacaría de su centro y no habría tiempo para una recuperación. Eso alteraría la extracción. En el otro escenario, el más probable, pensaría que soy un manipulador, un mentiroso, una persona peligrosa, alguien demente. Incluso si no fuera así me pediría pruebas. Y no puedo mostrarle pruebas. Podría, por supuesto, alterar la gravedad, escribir una subrutina de lluvia en el centro de su casa, de un arcoíris en la cocina, de cruzar con la mano una pared o hacer que su cama levite, pero inmediatamente se encenderían las alertas de brechas, me llamarían a mí mismo por estar cerca del lugar y tendría que marcarla para una eliminación rápida.

No, no puedo darle pruebas.
No puedo decirle.
No puedo alterar su rutina.
Solo debo esperar a que las cosas ocurran.
Confiar.

Ayer he dejado en mi cabaña en Holos un cuerpo. Un *skin* en modo latencia. Una cáscara que recibirá a Sofía. Sobre una camilla he depositado ese cuerpo desnudo y lo he cubierto con una sábana. Me he quedado un momento contemplándolo. Lo he situado justo en el vórtice de la anomalía. Cuando ella cruce, cuando lo ocupe, estaré con ella para explicarle qué mierda le ha pasado y qué hace en una cabaña en otro universo.

Diana me ha llamado.

Llegó el día.

Me dice que el cuerpo de cultivo está listo y que tiene los papeles para la transición. Ahora entran ella y su equipo. Dice que arrendó un box y que ella misma se encargará de los detalles y estará conmigo en la transducción.

Me pregunta si Sofía ya sabe.

Respondo que aún no.

—Creo que no lo has entendido. Ella tiene que experimentar una salida de conciencia en Maya, debemos rastrear su código y replicarlo en Holos. Hay solo tres posibilidades para eso. O toma 10 milígramos de DLM o hacemos un paro cardíaco inducido. Sospecho que no quieres eso.

—No. No usaremos DLM. Mañana es domingo. Medita a las 7.10. Cuando veamos que alcance el punto donde perfora la atraparemos y la recibiré en un avatar contenedor en Holos. Y luego, desde Holos, haremos la transducción a R.

—Pero todo puede fallar, ¿eres consciente de eso? Y cuando me refiero a todo...

—Sí, lo sé. Puede que su conciencia se pierda en algún punto. Estoy preparado.

—Se requiere precisión —dice Diana.

—Por la precisión no te preocupes. Soy un programador, y de los buenos. Tú haz tu parte y déjame el resto a mí. ¿Algo más?

—No.

Encuentro a Sofía en el baño. Está llorando. Intenta tomar un vaso de agua, pero tiembla.

—¿Qué pasa, Sofía?

Ella se mira en un espejo.

—Maya.

—¿Qué?

—Maya. ¿Has escuchado hablar de esa palabra? —Me quedo en silencio—. La gran ilusión —dice—. Es una palabra en sánscrito que significa «la ilusión», «el espejismo». Todo es Maya. Esto, tú, yo. Lo que nos rodea. Este puto vaso.

Sofía lanza el vaso al suelo y se queda en cuclillas, sollozando. La abrazo.

—Estoy perdiendo mi mente. Tienes que ayudarme, Al. Solo confío en ti. Veo cosas. Siento que me miran, siento que cuando duermo hay alguien. Vi ese libro extrañísimo en la librería, el que te mostré, pero no encuentro la foto. Es como si nunca la hubiera tenido. Tú eres lo único real —dice y me toma una mano.

—Sofía, escúchame. No te estás volviendo loca. No lo estás. Créeme que todos sentimos eso, pero nadie lo dice. Es algo inherente a los seres humanos, dudar de la realidad.

—Tú no.

—Mírame. Hagamos algo. Mañana vas a meditar, ¿no? Eso te hace bien. Hagámoslo juntos. Nunca lo he hecho y quiero acompañarte. A las 7.10, ¿no?

—Sí.

—Verás que nos va a ayudar.

Sofía se ha cortado un dedo y mira su sangre.

—Perdóname —dice.

—No. No hay nada malo en ti y no debes disculparte, todo lo contrario. Escucha. Me gustaría mostrarte una cabaña que tengo. Una cabaña en medio de un bosque. No es la gran cosa, pero quiero estar ahí contigo.

—¿Alguna vez me contarás tu secreto, chico misterioso?

—Mañana te contaré todo. Todo. ¿7.10? ¿Ropa cómoda?

He leído todo lo que he escrito hasta ayer. Cuando Sofía esté en R le pasaré mi bitácora y podrá entender las Cuatro Sombras, la línea de los acontecimientos. Será como una guía para su nueva condición. Yo ya no estaré. Si voy a hacer algo tan radical como extraerla, una vez que me asegure de que está bien debo irme. Si no pensaría que la extraje por algún tipo de interés egoísta, un afán de propietario. Ella podría pensar que me debe algo. La figura del rescatista y la víctima es la dinámica más tóxica en una pareja y terminaría por destruirnos a ambos. Ella debe ser libre de tomar sus propias decisiones. En cuanto esté fuera de peligro, lo único que leerá será este escrito. Diana ha prometido completar su reingreso, conseguirle pasaporte y una identidad. Que nadie sepa que es un número sobrante.

Pero ahora debo dormir.

Mañana será un día importante.

Mañana voy a romper Maya.

Capítulo 4

EXILIO

Voy en mi bicicleta rumbo al lugar donde haremos el procedimiento. Es un centro de salud abandonado en la zona poniente que Diana ha preparado. Ha trasladado el nuevo cuerpo y el equipo médico. Ahí me esperan.

Salgo a una avenida. Un grupo de personas está protestando. Veo autos incendiándose y me detengo en la mitad de la calle. La gente comienza a correr para todos lados. Intento alejarme por una calle secundaria, pero la multitud corre hacia mí. Se acerca la policía y los drones empiezan a volar sobre nuestras cabezas.

Mientras intento huir veo que una mujer me mira. Se pone una capucha y se pierde en la masa. Esa mirada me parece familiar. Me desconcentra y estúpidamente caigo. Ruedo por el suelo y en cosa de segundos estoy rodeado del apestoso humo de bombas lacrimógenas. A mi alrededor escucho piedrazos y ese zumbido tan particular de las bombas.

Debo salir rápido.

Estoy en el centro de la batalla.

Agarro mi bicicleta, tirada a algunos metros, y logro avanzar hasta que siento ese golpe sordo, indoloro al comienzo, que viene seguido de una ola de dolor que sube como agua hirviendo desde mi pierna, pasa por mi columna y llega hasta mi cerebro.

Me despierto en una cama de hospital. Una mujer canosa, Coordinadora, me mira. Nunca la había visto, y menos en R. Trato de moverme, pero un dolor insoportable recorre mi espalda y se incrusta en mi cerebro

—Tiene la pierna fracturada, Al.

—¿Qué pasó? —pregunto.

—Un dardo de grafeno le destrozó el fémur. Lo operaron.

—¿Cuánto tiempo llevo aquí?

—Dos semanas.

—¿Qué fecha es?

—4 de mayo. —La mujer me deja un sobre encima del velador—. La compañía se encargó de los gastos. Tenemos un muy buen seguro de salud, ya sabe.

—¿Podría conseguirme unas estampillas y un terminal? ¿O que alguien vaya a mi piso y me lo traiga?

—No será necesario. Hemos revocado sus credenciales. Ha sido despedido.

La miro sin entender.

—¿Cuál es la razón?

—Usar modo invisible durante seis meses sin reportarlo. Mantener una relación con un evia sin reportarlo.

Bloquear cuentas de jugadores para proteger a un evia. Proteger evias del sufrimiento mediante muertes espontáneas. Usar una cuenta de evia sin pagar para que su abuela juegue. En resumen, meterse a Maya y meter la pata completamente. ¿Quiere que siga?

Me quedo en silencio un segundo.

—¿Qué va a pasar con ella?

—¿*Ella*? Por favor, no diga *ella*, como si fuera alguien real.

Coordinadora niega con la cabeza y me mira con desprecio. Luego se va.

Me quedo en la cama del hospital mirando el techo. Intento moverme, pero no puedo.

Mi pierna está cruzada por púas y placas de titanio.

Entro a mi piso ayudado por un bastón y llego con dificultad hasta mi dormitorio. Camus está fumando junto a la ventana.

Cuando me ve me mira con distancia.

—Se llevaron los computadores, las estampillas y toda la tecnología para bajar. Te compré comida. Eres un imbécil, pero sigues siendo mi compañero. Cuando te recuperes puedo hablar con gente de Astra. Necesitan buenos programadores.

—Tenía cosas privadas en mis equipos.

—Eran equipos de la compañía. Y no hay cosas privadas ahí. Son dueños de todo.

No digo nada y me acerco cojeando hasta mi silla.

—Así que te estabas follando a alguien en Maya.

—No se trata de sexo, Camus.

—¡Ja! ¿Amor? ¿Me vas a decir que te enamoraste?

—No lo entenderías.

—¿Que te enamoraste de una línea de códigos de inteligencia artificial?

—Sofía es un evia de la versión 5 de Maya. La descubrí en una reparación hace siete meses. Es diferente.

—No, no lo es. Tú le das ese atributo. Porque estás cagado de la cabeza. Te despidieron por eso, Al. Vieron tu registro. Descubrieron todo lo que hiciste. Tuve que pasar por un puto test de serotonina para comprobar que no era tu cómplice.

—¿Qué van a hacer con ella?

—¡Escúchate! No es *ella*, por Turing. No digas eso.

—Tengo que volver a entrar.

—Será eliminada. Si ya no lo fue.

Intento ponerme de pie, pero el dolor en la pierna me hace volver a la silla.

—Ahora tienes que descansar. Necesitas alguna droga. Tengo algo de 5-HT por ahí.

—Necesito que me prestes tu computador, Camus. Necesito hablar con ella por última vez. Indicarle algún área segura en Maya. Sectores rurales. Periferia donde nadie pueda encontrarla.

—Alberto. Revocaron tu acceso. Estás baneado de por vida. Eliminaron tu avatar. Nunca más podrás volver a entrar. Y si lo consigues, nunca serás tú de nuevo. Ni quisiera podrás comprar un pase de juego. Estás fuera. —Por primera vez me mira con lástima—. Descansa, amigo —dice y apaga su cigarro—. ¿Te doy un consejo? Olvida todo y aprovecha las sesiones con tu terapeuta para arreglar tu cabeza. Aún tienes sesiones pagadas por el seguro. Úsalas.

Toco el timbre varias veces hasta que Terapeuta finalmente me abre.

—Al, ¿estás bien? ¿Qué le pasó a tu pierna?

—Un dardo de grafeno.

—La represión está cada vez peor. Es como si todo
nos hubiese caído al mismo tiempo. Calentamiento global, virus, violencia... qué lamentable. Pero pasa, pasa.
—Terapeuta cierra la puerta tras de mí y se queda mirándome—. La compañía vino. Hizo preguntas.

—¿Y?

—Les dije lo que te dije en nuestra primera sesión.
«Lo que pasa acá, se queda acá.»

—Gracias.

—¿Necesitas que te prescriba Nt3? Puedo hacerlo.
Te haría bien.

—Quiero ayudarla con lo de su hijo. Tengo un mes
de licencia médica y tengo tiempo. Puedo saber en qué
anda.

—Pensé que estaba prohibido.

—Digamos que mi relación con la compañía está un
poco deteriorada. ¿Aún está interesada?

—Claro. Es muy importante para mí. No quiero detalles. Solo me gustaría saber si está en algo... cuestionable.

—Necesito una cuenta para entrar. La cuenta de su hijo.

—Pero no tengo la clave.

—Eso no será problema. Solo necesito sus datos. Año de nacimiento, correo.

—Esto será privado, ¿no? —pregunta mientras apunta los datos en un papel.

—Absolutamente. Esto será solo entre usted y yo.

Terapeuta estira la hoja con los datos y yo la recibo.

—Una última cosa. Me gustaría hacer el ingreso desde un computador no registrado. ¿Tiene alguno que me preste, con un par de estampillas neurales?

—Sí, sí, llévate ese —dice apuntando uno apoyado en un rincón de la sala—. Pero tengo solo un cintillo. Disculpa si no estoy muy actualizada.

—Un cintillo estará bien.

Cuando voy saliendo, Terapeuta me queda mirando.

—Alberto. Mi marido murió en un accidente de autos, el mismo accidente que hizo que yo quedara así. Ya van a cumplirse siete años y lo sigo amando. Sigo amando a mi marido y él ya no está. No se necesita alguien real al otro lado para amar. Lo que importa es si es real lo que tú sientes.

Un café público en el centro.

Me siento en una mesa del fondo.

Tiemblo tanto que apenas puedo ponerme el cintillo.

Me conecto a una red pública y *hackeo* la cuenta del hijo de Terapeuta.

Entro a Holos y llego al dormitorio de un adolescente.

Parece ser su casa en Holos.

Me miro en el reflejo.

Soy un chico delgado de doce años con aparatos de ortodoncia y pelo corto negro.

Voy hasta su escritorio.

Tomo sus estampillas neurales y desde ahí entro a Maya.

Unas mujeres bailan semidesnudas en un escenario con caño iluminado por luces tenues.

Me miro en los espejos.

Soy un adolescente de unos veinte años, musculoso y con tatuajes.

Más allá, en el mesón del bar, un grupo de bailarinas mira fijamente lo que pasa en un televisor colgado encima de las botellas.

Al parecer está ocurriendo algo importante, así que me acerco.

—¿Qué pasa?

—Saqueos.

Miro la pantalla y veo el humo, la gente corriendo, los móviles de prensa.

Salgo corriendo del lugar y descubro que tengo en mi bolsillo la llave de un auto.

Aprieto el botón del llavero y una camioneta enciende sus luces.

Me subo, arranco y me meto a la autopista con dirección al centro.

Pongo la radio y escucho noticias, una tras otra.

Aprobada la ley de expulsión de migrantes.

Protestas en varios puntos del país.

Protestas por doce estudiantes muertos provocó la entrada de fuerzas policiales en la universidad.

Acelero y escucho que me tocan la bocina.

Se elevan a quince los países afectados por el brote epidémico del llamado Virus Encefálico Gloober. Autoridades evitan referirse a él como el nuevo brote pandémico. Fronteras siguen abiertas, a la espera de la contención natural del patógeno en las siguientes semanas. Sin embargo los servicios de salud se encuentran en estado de alerta ante los síntomas...

Comprendo que el juego se ha actualizado.
La entrada al *downtown* está cerrada.
Estaciono la camioneta a media calle, me bajo y corro.
El hijo de Terapeuta tiene bloqueada la función de saltar a una ubicación determinada y debo correr físicamente las siete cuadras hasta la librería. Veo por todas partes locatarios cerrando sus negocios, gente corriendo, policías en todas direcciones. En un quiosco leo el titular de un periódico: «Suben a cuarenta y nueve los muertos por el atentado en el metro».
Me acerco, desconcertado, y leo la fecha en miniatura en el borde superior derecho: 8 de mayo.
Corro con más fuerza.
Cuando llego a la Sexta con South Spring me veo en medio de una protesta entre la policía y civiles. Algunas

tiendas comienzan a ser saqueadas. Debo desviarme porque viene una turba marchando y escucho bombas lacrimógenas. Sigo corriendo y un ruido estridente me hace alzar la vista. Un helicóptero policial pasa por sobre mi cabeza a muy baja altura. Jadeando llego a la entrada de la librería.

Un guardia está cerrando con rejas y los últimos clientes van saliendo.

Sin pensarlo, trato de meterme.

—No puede entrar, estamos cerrando. ¿Acaso no sabes qué pasa?

—Lo siento —digo con la respiración agitada y empujo al guardia.

Veo al jefe de Sofía, a Manuel, su compañero, y algunos clientes rezagados.

Busco a Sofía. Repito su nombre en mi mente. *Sofía. Sofía.*

Cuando llego al pasillo de los clásicos veo a un cliente conversando con una joven. Me acerco aliviado, pero cuando la chica se da vuelta compruebo que no es ella.

Salgo del pasillo, llego al mesón de novedades y me acerco a Manuel.

—Manuel, ¿has visto a Sofía? —pregunto, agitado.

Su expresión se ensombrece.

—¿Quién eres?

—¿Dónde está? Sofía. Dónde-está.

Me percato de los ojos llorosos y abatidos de Manuel y del hombre de la caja, y veo que en el mostrador hay una fotografía de ella, sonriente.

—Sofía ya no está.

—¿Está en su casa?

—¿Quién eres?

—Le pasó algo. ¿Le pasó algo?

Manuel no responde.

Miro por última vez sus ojos llorosos y salgo corriendo.

Corro por las calles y solo veo locales cerrados. Muchos dueños de negocios están tapiando con madera las fachadas de sus tiendas. Más allá, autos en llamas. Gente huyendo en todas direcciones.

Ya es casi de noche cuando llego al edificio de Sofía.

Toco el citófono.

Nadie contesta.

Aprovecho que una pareja va saliendo para colarme por entre la puerta antes de que esta se cierre.

Llego a su departamento. Golpeo.

Es un acto inútil.

Pensamiento mágico.
Ella abre y pregunta «quién eres».
Soy el sobrino de Al. Él sufrió un accidente.
Ella se alegra, me abraza.

Pero en la realidad nadie abre.

Me quedo sentado afuera, junto a las escaleras.

Un vecino, un hombre canoso y de barba, me ve y se sienta junto a mí.

—No sé quién seas, pero créeme que nosotros también la queríamos mucho. Sofía era un foco de luz en este edificio. Pero después de lo de su novio se fue apagando.

—¿Qué sucedió? —pregunto con la vista fija en él.

—Los miércoles me traía libros. Los sacaba de la librería, yo los leía y después se los devolvía. Así era ella. Yo había venido a buscar mi libro de la semana, estábamos conversando y de pronto la noté mal. Parece que estaba saliendo con un tipo y el hombre desapareció. No volvió a saber de él. Me contó que, aunque lo sentía muy cercano, no sabía nada de él. Ni dónde vivía ni dónde trabajaba. En dos semanas no pudo levantarse de la cama. Le hice las compras y la cuidé. Yo tengo una hija de su edad que vive fuera... Me conmovió, así que la ayudé como pude, como si fuera mi hija. El día del atentado era el primer día que volvía a trabajar. Le ofrecí llevarla, pero me dijo que, por la hora, era mejor tomar el metro. Y tomó ese carro...

No me salen las palabras, pero haciendo un esfuerzo enorme logro articular una pregunta.

—Y ella. ¿Qué pensaba que le había ocurrido a su novio?

—Al principio estaba confusa, pero luego, ya más tranquila, me dijo que pensaba que su novio tenía un secreto.

—¿Un secreto?

—Otra vida. Una vida real.

Salgo del edificio y miro alrededor.

No tan lejos diviso columnas de humo, helicópteros, y escucho disparos.

Me detengo en mitad de la calle, hipnotizado, a observar esa ciudad. La ciudad en llamas.

La caída de un mundo.
Una realidad moribunda.

Me saco el cintillo y vuelvo a R. Cierro el computador y oigo el murmullo del café. La vida.

Me quedo sentado a esa mesa, inmóvil.

Mi mente está en blanco y no reacciono hasta que alguien me dice que van a cerrar.

Camus ha conseguido descargar los mensajes de voz de mi celular en Maya.

No me atrevo a escucharlos.

Al, ¿estás bien? Hoy te esperé. No llegaste. Me preocupé. De todas maneras necesito contarte algo. Hoy estaba meditando y, no sé, quizás me quedé dormida, pero de pronto sentí el vacío. Estaba en otro lugar. Completamente en otro lugar... me vi caminando en un bosque nevado desnuda. Podía sentir la nieve en mi piel. Raro, ¿no?

Al. Me tienes preocupada. Si no quieres verme está bien, pero al menos dime que no te ha pasado nada. Están ocurriendo muchas cosas terribles en muy poco tiempo y estoy realmente preocupada.

Al. Llama.

Al. Amor, ¿te pasó algo? Ni siquiera sé si tu nombre es real, no tengo ni tu dirección ni nada. ¿Me das una señal?

Al. Alberto. Existes. Dime que no te ha pasado nada.

Al, por la mierda, ¡llama!

Los robles añosos, ahora rojos, con el viento simulan el sonido del mar.

Espero en la pequeña terraza de piedra.

Diana regresa con una bandeja con tazas con té y miel y se sienta a mi lado.

—Como el cuerpo no fue utilizado para el procedimiento, el seguro lo entregó para trasplantes. Con eso pude pagar a la gente que nos ayudaría. El seguro pagó el resto de los gastos. Aun así, me debes muchos criptos.

—Te los pagaré. Tengo algunos ahorros.

—¿En qué trabajarás ahora?

—Un amigo me está ayudando a entrar a una compañía de videojuegos. Quizá tenga suerte.

—Y si hubiera resultado, ¿qué habrías hecho?

—Si ella hubiera estado de acuerdo, vivir en una cabaña, cerca de un río, en la Patagonia. Lejos de todo.

—¿No hubieras migrado?

—No.

—Al Minsky. ¿Realista?

No digo nada y ambos nos quedamos escuchando el sonido del viendo entre los árboles.

Aprovecho la última conexión desde la cuenta prestada del hijo de Terapeuta y hago algo que me llena de dolor: voy a la cabaña en el bosque que tengo en Holos.

Ha estado nevando y todo está cubierto por una gran capa de nieve. Llego a la entrada y veo la puerta abierta. Eso me extraña. Nadie conoce esta ubicación. Un programador sabe cómo encontrar el lugar para no ser molestado y el punto de la cabaña no es rastreable.

Entro con cautela.

En el centro de la sala, la camilla está vacía.

Alguien se ha llevado el cuerpo que hospedaría a Sofía.

¿Quién haría eso? ¿Para qué?

Salgo e intento encontrar alguna pista, huellas de un automóvil.

Recorro irracionalmente los alrededores.

¿Qué busco?, no lo sé, pero de pronto lo encuentro.

Ahí, sobre la nieve, está el *skin*.

Corro hacia él y me arrodillo.

Saco la nieve de su pelo. Me aferro a ella, a la cáscara.

Me aferro y comprendo que ella «rompió el techo», que logró salir y yo no estuve ahí para acompañarla.

Caminó unos metros. Dudó, quizás. Sintió miedo y... sintió miedo y regresó.

Acaricio su pelo con cuidado mientras los copos de nieve caen con más fuerza.

Por primera vez comprendo que llorar en Holos es aún más doloroso que llorar en R.

Capítulo 5

ANTES DE VOLVER AL POLVO

La doctora Rajput junto con los líderes del proyecto de reconstrucción hablarán en una Cadena de Comunicación Global.

Todos en Astra, el lugar donde ahora trabajo, han detenido lo que estaban haciendo para escucharla. La mayoría de mis compañeras y compañeros de trabajo son jóvenes que están comenzando sus carreras y que pronto dejarán los videojuegos para saltar a alguna de las grandes compañías subcontratistas de Holos, su verdadera meta. Pero ahora están aquí, con sus bicicletas, sus cafés y sus atuendos a la moda. Para ellos soy un bicho raro, un exiliado que va en la dirección opuesta. Cuando comienza la transmisión global, me saco mis estampillas y me concentro en el gran monitor.

Hoy es un momento histórico en la evolución humana. Desde que se pintaron las primeras representaciones animales en Altamira, el ser humano ha buscado construir un mundo más allá de la dura realidad. El metaverso Holos es solo la prolongación de ese primer deseo. Un mundo sin enfermedades, sin hambre, sin los rigores del clima y sin las Sombras que nos llevaron a la destrucción.

Hoy comienza un proceso que durará seis años, donde estimamos que bajen a Maya 2.3 mil millones de seres humanos, los que sobrevivimos a las grandes guerras. La transducción eliminará su cuerpo en R y la permanencia inmersiva y sensorial en Holos será completa. La colonia nativa de Holos ya ha cumplido cuatro años y los indicadores de felicidad y desarrollo han superado todas las expectativas. No podemos obligar a ningún ser humano a tomar la decisión de bajar, así como la evolución no obliga a una especie a abrazar su nueva condición, pero cada uno de ustedes sabe que entre el dolor, la vulnerabilidad y la muerte, y el potencial de habitar Holos, la decisión es obvia. Todos los servicios de salud están capacitados desde hoy para realizar la transducción. Solo espero que al final de estos seis años de migración, cuando liberemos el Corpúsculo y abandonemos definitivamente la dependencia energética de Holos, todos, hasta el último de ustedes haya cruzado. Nos merecemos ser la humanidad que siempre debimos ser. Gracias.

Camus me va a buscar a mi piso.

—No voy a dejar que te hundas otro sábado. No me voy a mover de aquí hasta que dejes ese libro. Por Turing, date una ducha y ponte guapo.

—¿Puedo negarme?

—¿Recuerdas a Rita Amenábar, de sistemas? Junto con su novio van a transduccionar a Holos mañana. Arrendaron una fábrica abandonada en R donde amenazan hacer la mejor fiesta de los últimos años. Si vamos a dejar la realidad, al menos vamos a exprimirla una última vez, dicen. Y les creo.

El lugar ha sido intervenido y más de quinientas personas bailan, deambulan y beben en lo que aparentemente fue una gran fábrica textil. Camus se enreda rápidamente con una chica y desaparece. Me paseo por el lugar. Cuando confirmo que no lo pasaré bien y estoy a punto de irme una pareja de mujeres se acerca. Una mayor, gruesa y canosa me apunta. La otra, joven, con anteojos de marco, se ríe.

—¿Guionista o programador? —pregunta.

—Programador.

—Los que mantienen el mundo funcionando. Gané la apuesta. Mariana me decía que tenías cara de guionista. ¿En qué área estás?

—Trabajé un tiempo en Maya. ¿Ustedes son?

—Guionistas de Maya desde hace más tiempo de lo que un humano con dignidad pueda soportar. Construimos evias para que los abusen y los destruyan. Meses y meses de cuidado y correcciones, meses de poner nuestros recuerdos y nuestras emociones al servicio para que un tipo experimente con ella, se embriague y la mate por 9,99 criptos mensuales. ¡Y la paradoja es que para expiar nuestras conciencias protestamos cada viernes en la noche! ¡Salud!

Las dos mujeres brindan y beben.

—Pensé que un algoritmo construía la personalidad de manera aleatoria.

Ambas se ríen.

—Ojalá fuera tan fácil. Toma a cualquier evia y tendrá una firma humana de diseño. Ocupamos personalidades de donantes.

Un mozo pasa y la mujer mayor toma otra cerveza.

—¿Personalidad de donantes?

—Antes usábamos nuestros propios recuerdos, nuestras manías, todo para construir un evia «a mano». Así era la vieja escuela, pero como todo es eficiencia, nos obligaron a hacerlo más rápido y comenzamos a copiar vidas.

—¿O sea que un evia tiene la personalidad de alguien real?

—Una cosa es la chispa, querido, pero tienes que poner algo adentro. Recuerdos, afinidades, gustos, manías, personalidad básica.

—¿Incluso los versión 5?

—Los versión 5 son los más personalizados. Clonamos personalidades completas de donantes. Sobre eso el evia se desarrolla y se hace único.

—¿Y la identificación del donante es anónima? —pregunto y ambas ríen.

—Nada es anónimo en la compañía. Supongo que con el número de ID del evia que buscas te metes al sistema. Tú eres el programador. No le preguntes a dos guionistas ebrias...

Me quedo un segundo procesando lo que acabo de escuchar.

Luego las abrazo torpemente y me voy.

Toco el timbre. Una, dos, tres veces.

Camus abre la puerta.

—Son las seis de la mañana —dice, con el pelo revuelto.

Entro y voy a su computador.

—Al, por Turing, estoy con alguien, no puedes entrar así...

—Todo evia se construyó desde una personalidad básica. Una personalidad humana real. Tu clave. Dame tu clave.

—No puedo dártela.

—Tu clave.

Camus cierra el computador y se pone serio.

—Mírate, Al. Mírate. Creí que habías salido. Creí que eso ya era algo que había pasado. ¡Me asustas, amigo! ¡Me asustas!

—Necesito encontrarla. No tengo explicación. Eres mi único amigo, Camus, por favor. Mírame. Necesito encontrarla.

—Al...

—Eres mi *único amigo* —repito.

Me mira y parece rendirse. Enciende el computador.

—Dame el ID, el nombre, la versión donde habitó y la fecha de expiración.

Le paso un papel. Camus teclea y pasa unos cortafuegos. *Acceso denegado.*

—No puedo entrar desde aquí.

—Necesito tu credencial.

—¡Al! —grita, pero sabe que ya no puede negarse. Va a un cajón y me pasa una tarjeta—. Ahora largo de aquí, loco de mierda.

Lo beso.

Con la existencia de Holos ya casi nadie toma aviones. No es necesario.

El aeropuerto en R es un lugar solitario y mi vuelo va casi vacío.

Aterrizo y me alojo en un hotel cerca del aeropuerto.

Desde mi ventana observo la ciudad inundada en las partes próximas a la costa, una ciudad destruida luego de las guerras, pero que se empecina por seguir viva, como muchas de las ciudades en R. Desde el anuncio de la Gran Migración muchos turistas se han lanzado a recorrer R para llevarse un recuerdo directo del planeta que abandonarán y el hotel esta lleno de jóvenes borrachos y turistas en modo dual. De pronto comprendo que es mi séptimo mes de desconexión. Después de años de estar en Holos todos los días mi mente, mis percepciones del presente y mis sentidos se han agudizado. A veces, como ahora, me quedo mirando el atardecer y veo cómo el cielo cambia de color. A ratos una textura, las toallas o el papel de un muro me atrapan y recupero la riqueza de la percepción directa. ¿Me estaré volviendo un Realista?

Tardo una hora en llegar al edificio de la compañía. En el camino, por todos lados veo anuncios oficiales sobre la Gran Migración. Han puesto en lugares clave un contador de los migrantes definitivos que han descendido a Holos. En la radio, la doctora Rajput ha hecho un emotivo discurso sobre el décimo aniversario del fin de la guerra, pero no he querido escucharlo.

El edificio de la compañía es exactamente como en Holos. Un complejo robusto que se alza como un tótem en el centro de la ciudad, una estructura de concreto sin ventanas, como si estuviese diseñada para proteger más que para habitar. Entro sin dificultad. He clonado los privilegios de programador A-3 de Camus, lo que me permite entrar a cualquier área. Un rompe *glitch* debe actuar rápido y se le debe proporcionar toda la información sin restricciones.

Camino por el gran *hall*, paso seguridad, muestro mi tarjeta y los guardias me saludan cuando los paneles muestran una señal verde.

Recorro los pasillos.

Algunos funcionarios del turno de noche pasan conversando.

Tomo el ascensor hacia el -5.

La puerta se abre y entro a El Almacén, una gran sala de servidores, el corazón de la compañía. Es casi medio kilómetro cuadrado de procesadores cuánticos. Hay solo siete de estos almacenes en el planeta, de diferentes compañías, y todos ellos trabajan en conjunto. Soportan la insólita capacidad de procesamiento para sostener Holos y Maya. Sigo un mapa en mi celular para no perderme en ese laberinto de pasillos y calles. Me doy cuenta de que estoy corriendo para llegar a una terminal en particular.

Cb-291272 calle 4.

Y la encuentro.

Me siento en el suelo, abro mi laptop y me conecto directamente.

Paso todos los protocolos de seguridad, uno tras otro.

Paso cortafuegos y restricciones hasta que finalmente aparece en la pantalla un nombre y un punto de ubicación.

Miro la pantalla, emocionado.

Laura Casall. Pov 345556 -39.88896471800498, -71.92285453466943.

Lo guardo rápidamente y salgo.

Voy subiendo en el ascensor cuando este se detiene en un piso que no marqué.

La puerta se abre y entra Ford.

Ford en R.

Ford real. Su mismo avatar, sin dismorfia de avatar. Ford siendo Ford.

—¿Trabajando hasta tarde?

Aunque es imposible que Ford sepa que ya no trabajo ahí, y aunque puedo ser uno de los miles de empleados, casi no logro hablar. Tengo que hacer un esfuerzo para permanecer tranquilo.

—Maya no duerme —digo con seguridad forzando una sonrisa.

—Es verdad. Pero aun así, es sábado en la noche. ¿En qué área trabajas?

—Programador, nivel A-3.

—Un rompe *glitch*. Para mí, el trabajo más importante del ecosistema. ¿Muchas brechas esta semana?

—Lo usual.

—Pagaría por bajar un día y estar con las manos metidas en el campo. Debe ser emocionante. Infiltrar, reparar, salir. Uf. Adrenalina.

—Uno se acostumbra.

—En cambio yo, juntas y papeles. Y el directorio insiste en reuniones de carne. «En casa del herrero...». —Ford me mira—. Hay un bar cruzando la calle y hace mucho que no hablo con alguien del campo, de la trinchera. ¿Te puedo invitar una cerveza?

El ascensor llega al *hall* y se abre.

Veo que los porteros hacen cambio de turno y están usando reconocimiento facial con pistolas portátiles.

—Se la acepto —digo.

Al salir, el guardia va a biorreconocerme, pero Ford lo detiene.

—Viene conmigo —dice y el guardia se disculpa

Salimos.

El bar es pequeño y pasan un partido de fútbol en un monitor.

Al fondo, una pareja discute.

Un par de borrachos ríe en la barra.

Cuando nos traen las cervezas Ford choca la suya contra la mía.

Entonces, Al, ¿cuántos años me dices que llevas en la compañía?

—Cuatro años.

—Yo empecé de programador en el juego madre. Eran buenos tiempos. En ese momento las uniones sinápticas no estaban depuradas, y si cometías un error podías quedar en coma. Era literalmente un juego de vida o muerte.

Ford toma su cerveza y parece melancólico.

—Ahora en Holos todo está funcionando como una máquina bien aceitada. Eso es bueno, pero al mismo tiempo se perdió la magia. La magia ahora está en Maya.

—Maya también es un sistema robusto. No ha habido una caída grande desde hace...

—Me refiero a los evias. Ahí está la magia. Lo fascinante. Por eso te envidio. Puedes interactuar con ellos,

ANTES DE VOLVER AL POLVO

escucharlos. Percibir la chispa. Códigos autoconscientes. Sabemos tan poco de ellos. Tenemos tanto que aprender y tan poco tiempo.

—Debemos aprender de sus errores.

—Eso es lo que dice Jandra, y la compañía. Pero hay algo más. Hay sorpresas

—¿Sorpresas?

—Maravillas. ¿Sabías que descubrimos que un grupo de evias está trabajando en un proyecto de universo de simulación? No lo hacemos público, porque no queremos que nuestros programadores se metan a curiosear qué hay dentro, pero es igual a Holos. No me refiero a un videojuego corporativo, sino a algo más grande. Un ecosistema virtual multipercibido, integrado y persistente. El prototipo de Holos. Exactamente como la experiencia de metaversos a comienzos de los veinte que nos llevó a Holos. Es como si la inteligencia artificial y la conciencia siempre siguieran el mismo camino. ¿No es una locura? Esto abre cientos de preguntas filosóficas. Si ellos construirán Holos, ¿construirán un Maya? ¿Y estos construirán un metaverso Holos?

—Un agujero de conejo.

—Lo es.

—Debo irme.

—Yo invito.

Ford se queda mirando sus manos.

Me voy.

Me despierta una voz que dice mi nombre. El autobús se ha detenido.

Me bajo. El frío acerado entra por la nariz y sale por mi boca convertido en vapor. Una vez que el bus se aleja observo el lugar. Allá, al fondo, unos riscos nevados. Un bosque tupido de encinas y robles. La carretera serpentea húmeda entre montañas y colinas cruzadas por la niebla. El aire es puro y leve. Un aroma a tierra húmeda, a vegetación, termina de despertarme por completo.

Reviso la ubicación en mi celular y me interno por un sendero en el bosque.

En un desvío del camino hay un portón de madera. Entro y avanzo por un sendero. Luego de un tramo sigo por un desvío estrecho que se interna en el bosque. Después de caminar unos veinte minutos atravieso un puente suspendido sobre un río claro y espumoso que cae sobre piedras y que produce un pacífico ruido blanco. El sol se filtra por entre las ramas. Nubes pasan corriendo recortadas por el azul pálido de la tarde.

Después de caminar un par de kilómetros llego a un claro en medio del bosque. Al fondo hay una casa con tejas de madera. Para llegar a ella camino por un sendero de tablas húmedas sobre la hierba.

En los árboles, campanas de viento.

Más allá, una rueda de oración y un Buda de piedra lleno de musgo.

El sol se asoma por detrás de la casa.

De pronto aparece un perro que ladra, se acerca moviendo la cola y me lame.

—No hace nada. ¡Loki, ven!

El perro vuelve con tranquilidad hacia la casa.

A lo lejos veo una especie de invernadero.

De su interior sale una mujer.

El sol de la tarde que ilumina las altas montañas nevadas la deja a contraluz.

—¿Laura? ¿Laura Casall? —La mujer no responde—. ¿Es usted Laura Casall?

—Te estaba esperando —dice, por fin, con seguridad.

Sin entender bien lo que ocurre, camino a su encuentro. Es una mujer mayor.

Cuando estoy frente a ella me observa con los ojos húmedos, me toma ambas manos y sonríe.

Tengo entonces la extraña certeza de que la conozco.

La anciana mira al cielo y yo sigo su mirada.

Sobre nuestras cabezas, una aurora boreal se despliega magnífica. Pero pronto, en su borde sur, una línea recta la interrumpe dando continuidad al cielo azul prístino de la tarde. Es un límite perfecto. Un límite que como buen rompe *glitch* sé que no es posible de replicar en la realidad.

Me quedo perplejo, observando la anomalía. Luego miro a la mujer. Me da la espalda y camina hacia la casa.

La sigo.

Desde el umbral, antes de entrar, alcanzo a ver en el interior la camilla y el equipo básico para mi extracción. Más allá, un pequeño altar de meditación.

AGRADECIMIENTOS

A Triana Duhalde por su primera edición, por sus consejos y por impulsarme a terminar.

A Paula Del Fierro, mi lectora, certera y lúcida.

A Daniel Olave, mi editor, por confiar nuevamente.